三國笑史

英雄關羽熱血戰紀！4

林明鋒★編繪

五南圖書出版公司 印行

作者簡介

林明鋒

專職漫畫家，擅長歷史人物繪圖，百分百的「三國控」，對三國歷史和人物性格相當著迷，多次繪著成書籍出版，腦海裡裝的是三國，心裡想的是三國，筆下化成文字是三國，揮灑成圖像的也是三國！三國裡的人物可以是英雄式的演出，可以是耍智謀的出招，也可以笑中帶淚的飆戲……這就是他眼中的三國魅力！

代表作品：《蜀雲藏龍記》、《雲州大儒俠》、《洪蝠齊天》、《笑三國》

得獎紀錄：

一九九二年東立出版社漫畫新人獎、一九九五年（84年度）國立編譯館優良漫畫獎：甲類佳作（蜀雲藏龍記的第三部）、二〇〇一年（90年度）國立編譯館優良漫畫獎：甲類佳作（雲州大儒俠史豔文），作品收藏在雲林偶戲博物館。

推序

那些狠角色們……

《三國演義》的作者羅貫中在這部大書的開場中，說出了一句透視中國歷史的話：「天下大勢，合久必分，分久必合。」此言之所以顛撲不破，其間最主要的原因在於中國社會對「人才」的渴求。每到政治瀕臨崩解的危急存亡之秋，總有非常之人挺身而出，以捨我其誰的精神撥亂反治。所謂「江山代有才人出」，短短一段不滿百年的三國時期，秀異人才輩出！諸葛亮、龐統在未出仕之前，已經名動天下！而曹操也對劉備直言：「天下英雄，唯使君與操耳。」

在三國分疆的時代，得人者昌。而這些一時之選的人傑，總是在不斷地對立衝突的軍事與外交情勢之下，彼此激發出了充滿智慧的韜略，諸葛亮曾讚賞曹操善用奇兵突襲，他打仗是以智取，諸葛亮本人則更是當世奇才！孔明之用兵，止如山，進退如風。這些互相敵對的人才，也都是可敬的對手！同時也在千百年以下讀者的心目中，留下了許許多多深刻雋永、幽默風趣的精彩片段。

《三國笑史》系列就是在這樣的基礎上，進一步揉合了經典文學與爆笑漫畫，那些充滿知性又兼具趣味的對白，再加上KUSO的繽紛插圖，使得沙場上馳騁驍勇的戰將們，個個轉身成為口語化的性格主角，將讀者帶進了輕鬆易懂的故事情境。從白馬將軍公孫瓚、聯軍盟主袁紹、一代影后貂蟬、賣鞋郎劉備……等等輪番上陣的三國名人背後，透視古人的文武裝扮、生活用品、科學技術，甚至於戀愛美學。我們在漫畫家林明鋒的筆下，穿越時空，一睹當時最夯的武器、最酷的盔甲、最賣的暢銷書、最拉風的跑車……。原來閱讀古典文學是這麼令人興奮的一件事！

理解三國時期各種人物的性格與命運時，同時也是一場非常有趣的心智冒險經歷！熱愛三國故事的人們絕不會忘了那些悲劇性的時刻：董卓殺少帝、屠百姓、盜墓燒城，喪心病狂！他死後屍體被用來燃燈照明，其棺木又遭雷電劈打！而袁紹在當上盟主之後，自大疑心、輕信讒言，與自家人爭奪不休，最後竟落得吐血身亡！老來出運的賣鞋郎劉備，為了替關羽和張飛報仇，竟一時之間感情用事，傾全國之兵討伐東吳，不僅血海深仇未報，反而被陸遜一把順風火，燒得全軍大敗！這都是我們現代人可引為警惕的事。

然而當我們想要融入這些具體情境的時候，地理方位和空間概念的建構，又成為我們最初的課題。這個部分《三國笑史》以生動有趣的漫畫，連環組成了一系列簡潔清晰的漫畫式地圖，讓我們毫無障礙地穿越時空回到古戰場，具體感受這些叱吒風雲的狠角色們，如何在幽州、冀州、并州、青州、徐州……之間，笑傲沙場，轉戰千里。

走過一段風雲變幻的歷史歲月，遙想當年那些蓋世英雄，每一個人都有屬於他自己的豪情壯舉，關公斬華雄、顏良，誅文醜，過五關斬六將，單刀赴會，水淹七軍……，卻也躲不過天生性格的弱點，麥城一敗，喪失了性命和自尊，歸根結柢還在於過度的自信與自矜。而周瑜的抗壓性弱，張飛的猛暴與固執，呂布善變，袁紹多疑，曹操輕敵……，閱讀這些精彩故事的時候，腦海中自然浮現出一幕幕生動的畫面和深刻的意象，那將使我們在經典中逐漸的潛移默化，知所警惕。於是我們將逐漸開啓智慧、激發腦力和創意，以吸取古人生命的熱力來點亮自己未來無限的光輝。

佛光大學中文系副教授　朱嘉雯

二〇一四年十二月十四日

斬
滑州
秦琪
到了黃河渡口才輾轉得知，原來大哥奉袁紹之命前往汝南，我只好折返南下，期盼與他會合。
兗州
我護送二位嫂嫂遠行千里，過五關斬六將，尋找大哥劉備。
許都
斬
蔡陽
古城
汝南

關雲長過五關斬六將行進地圖
河内郡
斬
斬
斬
斬
韓福
孟坦
洛陽
汜水關
卞喜
滎陽
王植
東嶺關
孔秀
太好了！三兄弟經過一番波折，終於在古城重新團聚。
經過這趟過關斬將的險惡旅程，我關雲長的威名遠揚，後人稱我爲忠義武聖。

三國人物點名

程昱（ㄩˋ）

曹營紅牌謀士，曾獻上「十面埋伏」之計，打得袁紹灰頭土臉；也曾獻計拉攏蜀漢的徐庶，協助曹操抵抗劉備。是一位EQ和IQ都很高的幕僚。

董承

一級皇親國戚，董太后的外甥，漢獻帝劉協的岳父，女兒董貴妃是劉協的妃子。董承因爲幫助劉協抵抗曹操，不幸被僕人告密，以致與女兒都被處死。

馬騰

「滅曹幫」成員之一，事跡敗露後逃往西涼。赤壁之戰結束，他打算藉機赴京城時暗殺曹操，可惜謀反失敗，他與兒子被殺。

滿寵

曹營的幕僚，對曹操和曹丕忠心耿耿。當關羽採水攻包圍樊城時，他率兵擊退敵兵。三國鼎立時，滿寵採夜擊和火攻大破吳軍。曹丕即位後，高陞至太尉，掌管兵馬。

陳琳

建安七子之一，董卓死後投效袁紹。曾寫討賊檄文《爲袁紹檄豫州文》，痛罵曹操、罵他的父親、罵他的祖父。官渡之戰袁紹大敗，陳琳被捕，曹操因賞識他，留在身邊效命。

吉平

在《三國演義》裡是正義的化身，他忍辱爲曹操治病，因緣際會下加入「滅曹幫」，企圖爲曹操治病時，在藥裡下毒，不幸被人告發，後撞臺階自殺。

孫乾（ㄑㄧㄢˊ）

劉備的參謀，外交能力很強。三國鼎立時，孫乾當起「月下老人」，爲劉備和東吳孫權的妹妹孫尚香牽紅線，促成一樁政治聯姻。

沮授

袁紹手下的參謀，曾建議袁紹迎獻帝，進而挾天子以令諸侯，但不被採納。官渡之戰袁紹大敗，沮授因不投降而被曹操處死。

文醜

袁紹軍營裡的超級猛將，武藝高強，與顏良被人美稱「雙璧」。他在延津之役與關羽大戰，被一刀砍死。

蔡陽

曹操的部將之一，與其他將領如夏侯惇、典韋、張遼、于禁等等相比，表現較遜色。建安六年曹操、袁紹大戰，蔡陽奉命迎戰，但兵力不敵，慘敗被殺。

秦琪

《三國演義》裡的虛擬人物，歷史上並沒有這號角色。小說中，他是曹營武將蔡陽的外甥，負責駐守黃河渡口，因爲阻撓關羽出走被一刀砍死。

趙雲

也叫趙子龍，蜀漢五將之一，曾不顧性命，冒險與曹軍對抗，單槍匹馬七進七出，救出甘夫人和阿斗，人誇「子龍一身是膽」，稱得上外型、武藝、德行均優的武將。

許貢

曾任吳郡的都尉、太守，與孫策有過節。有一年，他上奏給漢獻帝，表示不能讓孫策的勢力愈來愈大，一定要約束，否則將成爲大患。後來，反被孫策命令手下絞死。

吳太夫人

破虜將軍孫堅的元配，人稱「孫破虜吳夫人」，據說長相貌美。她的長子孫策奠定江東政權；次子孫權建立吳國；大媳婦人氣很高，是超級美女大喬。

東吳幕僚張昭

在徐州相當有名望，與張紘（ㄏㄨㄥˊ）一起效命孫策，人稱「江東二張」。孫策臨死前，託他輔佐孫權，鞏固江東政權。

孫權

孫策的弟弟，生得方臉大嘴，綠眼紫鬍鬚。十九歲那年，孫策身亡，他接掌江東政權，扛起重責大任，後建立吳國，自稱吳王，七年後稱帝，史稱東吳。

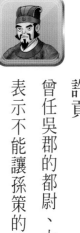

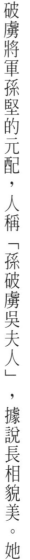

目

鬼鬼鬼鬼鬼

1 飛上枝頭當皇叔

呂布死後，徐州百姓攔道，向曹操請求留下劉備當州牧。
這個大耳仔還挺得人心的，
絕不能留他在徐州成為後患。
曹操以替劉備表奏軍功的理由，硬把他帶回許都，安置在相府左方近處的宅院，軟禁監視。
曹操為了拉攏劉備，准許他上殿面見皇上接受封賞。
聽聞劉愛卿祖上是漢室皇親，
這是真的嗎？
臣是中山靖王後代，劉弘之子。
獻帝命人查宗族世譜，果真如劉備所言，確實無誤。
皇室宗族世譜
果真是我的劉皇叔！
廢話！你們當我唬爛啊？
你可要幫我登報宣傳，讓全天下的人都知道。
皇室宗族世譜

粉墨登場　漢獻帝劉協

爲東漢靈帝劉宏與王美人生的兒子，封陳留王。本來皇太子是他同父異母的哥哥弘農王劉辯，因被毒死，在董卓強勢主導下，劉協成了兒皇帝，那年他才九歲。這個末代皇帝從小被董卓控制，長大後又被曹操盯得死死的，活得很嘔氣！慶幸的是，他晚年走老運生活安穩，死後，曹丕以高規格的禮儀厚葬他。

我打算寫自傳，書名叫「憤青皇帝」，有沒有出版社想買版權？

語文學堂

- 攔道：擋住經過的道路。攔：擋住、阻擋。道：道路、通路。
- 硬：表示態度堅決不肯妥協退讓。
- 拉攏：爲了達到某種目的，耍手段獲得他人支持，靠攏到自己這一邊。
- 唬爛：閩南語。用假話欺騙別人。

三國故事開麥拉

曹操斬了呂布，除去心頭大患，人春風得意了起來。他率兵經過徐州，驚見百姓跪在街道上。「這是怎麼一回事？」曹操很納悶。

原來徐州百姓捨不得劉備離開，聽說曹操將返回許都，會經過徐州，便決定上演「攔路請願苦情記」，懇求曹操讓劉備待在徐州。

「眞的還假的？那個大耳仔這麼火紅！」曹操也是擅長操縱民意的人，他假意表示認同。在曹操安排下，劉備晉見漢獻帝，皇帝知道他是劉氏子孫，依輩分來排是同宗叔叔，不禁竊喜，「我有這麼英勇的叔叔，再也不用怕那個曹操了。」

漢獻帝把劉備請到一旁的偏殿，依照叔侄輩分行大禮，並封劉備爲左將軍、宜城亭侯，大擺宴席盛情地款待他。從此，人人都稱劉備「劉皇叔」。

哇塞，這次找來的素人演技眞讚，把那個白臉曹唬得愣住了。
下次我們聯手搞個更苦情的，保證讀者看到淚崩！
又還擅長「孝女白瓊」，有需要可以Line我。

穿越時空

鄉下行醫的末代皇帝

劉協是東漢末代皇帝，九歲被迫當兒皇帝，四十歲那年被曹丕逼下位，三十多年來活得窩囊憋氣！早年他被奸臣董卓控制，好不容易捱到肥董被殺，卻遭軍閥郭汜、李傕等人欺負。曹操出現時，他以爲救星來到，想不到卻是一頭更貪婪的餓虎；曹丕乾脆把他趕出去，下令他到山陽城（今河南省），但享有封邑和稅收，條件還算優渥。

劉協與妻子曹節在山陽城過著沒有政治霸凌的生活，他曾拜華佗爲師，對內科、外科、婦科、針灸頗有研究，當起了鄉下醫生，爲貧民治病。夫婦倆除了行醫，還想法子籌銀兩蓋學校，讓沒有錢的貧寒子弟也能受教育。

劉協五十四歲那年病死了，雖然一生在皇宮受盡欺凌，然而老年卻能與妻子、兒女共享天倫之樂，與歷代的末代皇帝相比幸運多了！

算命先生說山陽城風水好，能旺子孫，就賞給你啦！
你形容的怎麼好像是陰宅，亂恐怖的！
協哥，我們打算開鬼火晚會歡迎你！嘿～～
山陽城

三國笑史

2 皇家烤肉大會

劉備成了皇叔身價上漲，恐怕會威脅丞相地位。
我倒要讓眾臣看看，皇叔重要還是我曹操重要。
程昱

曹操藉口請天子到許田射獵，動員文武百官、讓十五萬士兵擺開圍場，
他在圍場當中大顯威風，搶盡皇帝的風采。
嘩！
嘩！
嘩！

曹賊竟敢當著眾臣面前欺負皇上，我非殺了他不可！
二弟，不可輕舉妄動，我們要等待時機。
要等到什麼時候？我快忍不住了！

皇家烤肉大會
我也快忍不住，太香了！
至少先等我吃完烤肉再說。

粉墨登場　謀士程昱（ㄩˋ）

本名叫程立，有一天夢見泰山撐住太陽，才改名為程昱。他與荀彧（ㄩˋ）、郭嘉都是曹營具影響力的謀士。程昱很有遠識，當年曹操與袁紹對決時，獻上「十面埋伏」計策，打得袁紹灰頭土臉；也獻計拉攏蜀漢的徐庶，協助曹操抵抗劉備。赤壁之戰前，程昱向曹操表示得小心敵方採火攻，但曹操大意，以致慘敗。

哼，白臉曹不聽我的話，這下虧大了！

語文學堂

- 許田：位在河南省許昌縣東北二十五公里，有許田村。
- 圍場：古時候專供皇帝、貴族打獵的場地。
- 風采：美好的儀表舉止。
- 輕舉妄動：未經過慎重考慮，就輕率行動。

三國故事開麥拉

有一天，曹操約漢獻帝去許田打獵，想大顯威風和捉弄皇帝。哇，曹操光想就好過癮！到了圍場，曹操故意緊緊地跟隨著天子，搞得漢獻帝提心吊膽。

圍場裡都是曹操的親信，排場比天子還稱頭。劉備帶著關羽、張飛等十多人護駕。不擅長打獵的漢獻帝勉爲其難地射出一箭，「咻——」，射中一隻小野兔。「厲害！」眾臣大聲喝采。

一行人來到土坡，竄出一頭野鹿，漢獻帝卯足勁連射三箭，卻揁龜。曹操冷笑一聲，拿起天子專用的寶雕弓、金鈚（ㄆㄧˊ）箭，一箭射中鹿背。「萬歲！」士兵見是金箭，以爲是天子射中，高聲齊喊。曹操趕在天子之前接受歡呼。

關羽想殺了野心勃勃的曹操，卻被劉備使眼色攔了下來。回到營中，劉備表示現在還不是殺奸臣的時機。劉備表面上不動，其實是要拿到王牌才肯出手。

喂，導演，我要的是大野鹿，怎麼找來一隻小麋鹿？
你不是想扮耶誕老公公嗎？
通告費難賺，我還得犧牲形象扮麋鹿。

穿越時空

天子級的打獵場地

時下有「釣蝦場」、「高爾夫球場」，都是平民百姓可以進去的地方。然而，古代講究階級制度，連打獵這休閒玩意都分等級，「圍場」屬於天子級，僅限皇帝、大臣、皇親國戚能進來享用，平民百姓閃邊去！

古代的圍場都是占地面積廣、樹林茂密的森林，天上飛的、地上爬的鳥獸都有，打起獵來非常過癮！天子出來打獵，文武百官都會陪同，一方面保護天子安全，一方面算是「皇宮級啦啦隊」，專門來助興。因爲天子有專屬的弓箭，用金子打造，這樣一射中獵物，文武百官見到金箭，就明白是天子的神力，馬上高聲歡呼，展現「拍馬屁」功夫，千萬「別讓天子不開心」。

古時候一些神箭手也有機會應邀到圍場大顯身手，表現出色的便能「飛上枝頭當鳳凰」，成爲朝廷武將，光耀門楣。

老劉，等一下先放野兔，再放大鹿，如果朕沒射中，記得偷偷插上金箭。
媒體那邊我都打點好了，一定讓陛下大出鋒頭。

漢獻帝與擁有漂亮大角的公鹿

三國笑史

3 玉帶血詔

MADE IN TAIWAN

曹操在圍場有謀反的舉動，獻帝為除國賊，咬破手指用鮮血寫下討賊血詔，讓伏皇后縫在一條玉帶裡，秘密交給國舅董承。
玉帶當中別具深意，愛卿回去好好領悟，可別辜負朕的一番苦心。
臣明白！
董承回去的路上被曹操攔住檢查。
你私下見皇上是否商量對我不利的陰謀？
皇上送我錦袍玉帶當獎賞，我不敢有謀害丞相之心。
這玉帶背後怎麼有字？
難道當中的秘密被識破了！
台灣做的東西還挺漂亮的。
MADE IN TAIWAN
台灣製造
嚇死我了！

粉墨登場　大國舅董承

董太后的外甥，論輩分爲漢獻帝劉協的舅舅，任車騎將軍，他的女兒董貴妃是劉協的妃子，爲一等一的皇親國戚。董承保護漢獻帝不遺於力，曾擊敗郭汜等叛軍，後來又助劉協抵抗曹操，不幸被僕人告密，以致他與女兒董貴妃都被處死。

冤枉啊，我不是肥佬董卓的兄弟啦！

語文學堂

- 詔：詔書，皇帝頒布的書面命令。
- 玉帶：古代官吏所用的玉飾腰帶。
- 苦心：在某些事情上費盡心思、精力。
- 錦袍：錦製的衣袍。錦：古代一種有彩色花紋的高級絲織品。

三國故事開麥拉

漢獻帝在圍場受霸凌後，召國舅董承進宮，協助滅曹。劉協咬破指頭，在絹布上寫了秘密詔書，讓伏皇后縫在玉帶的襯裡中，以董承當年保護自己從長安逃到洛陽，立下大功，所以賞賜玉帶，並言外有意地對董承說不要辜負皇上的期望。

董承小心翼翼地繫上玉帶告退了。不料，在宮門口碰到曹操。他懷疑玉帶暗藏玄機，但找不到破綻，便不再追究。

董承快嚇死了！他回到家仔仔細細地檢查玉帶。「奇怪！沒有不一樣的地方啊？」這時候，蠟燭的燈花落在玉帶上，燒了個小洞，董承才驚訝地發現裡面暗藏詔書。一看，字字是血，句句是淚，不禁痛哭流涕，哭累了，就趴在桌上睡著了。

天亮時，侍郎王子服來訪，兩人商量找吳子蘭、种（ㄔㄨㄥˊ）輯、吳碩、馬騰合作，大家喝下血酒，發誓滅曹恢復漢室。

導演，血詔的字太多，我快不行了……
快！通知記者搏版面。
營養不良還學人搞血詔，笑死人！

穿越時空

新春吉祥，乎乾啦！

中國人上自天子下自庶民都愛喝一杯，悲傷時藉酒澆愁，喜慶時以酒助興；孤獨時一人泣飲寂寞酒，眾人狂歡時觥（ㄍㄨㄥ）籌交錯。酒，一定要喝的啦！

現在每逢除夕夜，很多人家團圓吃年夜飯時會喝酒，古時候除夕夜喝酒，新春第一天也要喝酒。像乾隆皇帝會用特製的金甌永固杯飲用「屠蘇酒」，祈求新的一年風調雨順、國泰民安。

「屠蘇酒」也叫「屠酒」，源自三國時期名醫華佗，將七～八味中藥材裝入絹布製的囊袋，除夕那天懸掛在水井底，正月初一再取出，家裡的人對著東方，依輩分由幼至長飲下，據說可以除去瘟疫，增加抵抗力。

這種新春全家飲屠蘇酒的年節習俗，寓意人們期望新的一年裡，老老小小無病無痛、無災無難。

【皇帝牌屠蘇酒限量搶購】

正港的皇帝牌「屠蘇酒」，喝了能金榜題名、中樂透、飛黃騰達、妖嬌美麗、子孫孝順……
屠蘇酒
屠蘇酒
屠蘇酒

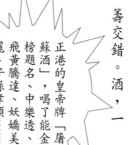

三國笑史

4 這款簽名才叫藝術

董承以血詔秘密召集志同道合的人，準備伺機除掉國賊曹操。
馬騰
如今劉備尊為皇叔，我們應該邀他加入以壯聲勢。
你說得對！
董承趁夜裡拿著血詔到劉備住處。
劉皇叔，這次滅曹行動的連署可少不了你！
那當然！誅除曹賊我絕對支持，我馬上簽名連署。
車騎將軍 董承
工部侍郎 王子服
長水校尉 种輯
議郎 吳碩
昭信將軍 吳子蘭
西涼太守 馬騰
立誓共誅國賊
曹操
流
背
劉備是什麼意思啊？真不知道可不可靠。

粉墨登場　涼州軍閥馬騰

《三國演義》裡馬騰是涼州軍閥的首領之一，但正史上並沒有參與討伐董卓。後來曹操得勢，他加入滅曹行動，事跡敗露後逃往西涼。曹操不肯放過他，赤壁之戰結束，打算殺了他以絕後患，馬騰明知有危險卻同意赴京城，他打算藉機殺曹操。可惜謀反行動失敗，與兒子都被殺死。

美編，幫我冠上「殺曹英雄」的標題，要畫得很勇唷！
殺曹英雄

語文學堂

- 志同道合：志向相同，意見相合。
- 伺機：等待時機。伺：音ㄙˋ，守候、等待。
- 連署：共同簽名負責。也寫成「聯署」。
- 誅除：消滅。誅：討伐、殺有罪的叛賊。

三國故事開麥拉

「滅曹計畫」在董承等人推動下秘密地進行。有一天，「滅曹六人黨」之一的馬騰來找董承，說：「劉皇叔實力頗強，如果他也參與，就太好了！」

「可是……」董承摸了摸鬍子，猶豫地說：「劉皇叔和曹操好像走得很近，貿然找他連署太危險了。」

馬騰說出自己的看法：「那天在圍場關羽、張飛想宰了曹操，被劉皇叔擋了下來。他阻止殺曹，應該是擔心投鼠忌器，怕誤傷了皇上。」

兩人討論後，決定由董承出面，找劉備加入。第二日夜晚，董承懷裡揣著密詔，低調地來找備。果然如馬騰所猜測，劉備也恨得牙癢癢，他義不容辭地在密詔上寫下：「左將軍劉備」，表達自己滅曹的決心。

董承打算再找三人，等人手齊備了，一定要打到那個白臉曹趴地求饒！

老董，咱們不如發動「婉君部隊」，搞個「滅曹粉絲專頁」，或發起圍攻相國府，讓年輕人一起參與。
皇叔，你累了嗎？還是頭殼發燒了？
相國府
CNN
NHK

穿越時空

曹操年薪嚇死人！

曹操好有錢，他從二十歲當官一直到六十六歲，除了當公務人員、盜墓外，不做其他投資。他當過最小的官是「洛陽北部尉」，最神氣的是「丞相」，等級僅比漢獻帝小，是那種「話水歛結凍」的大哥級人物，連天子也怕他。

根據史書記載，曹操任「洛陽北部尉」的月薪是二千五百枚五銖錢和十五斛大米，每斛大米等同於一〇〇枚五銖錢，換算下來月薪是四千枚五銖錢。漢朝的「一斛」可裝米十六公斤，以時下每公斤一般米價八十元臺幣計算，四千枚五銖錢可買六百四十公斤米，也就是五萬一千二百元，年薪六十多萬元。

當丞相的月薪是一萬七千五百枚五銖錢和一百七十五斛大米，換算下來年薪五百多萬元臺幣。此外，加上每年有四十萬枚五銖錢的賞賜，以及十郡的封邑稅收，光稅收年收入就約達二十多億臺幣，加上年薪，眞的是好有錢的公務人員。

丞相大人，你對時下公務人員有何建議？
學我，一生奉公守法，不搞貪汙也不搞官商勾結。
我好想吐！

三國笑史

5 煮酒論英雄爆炸頭篇

許褚趁關、張二人不在，帶兵闖入劉備住處。
丞相請皇叔到相府見面。
完了！難道是滅曹行動連署被曹賊查獲，來捉我了？
沒什麼大事，我只是想跟你青梅煮酒論英雄，一起喝兩杯。
在下奉陪！
我看天下有資格稱英雄的人，只有你和我二人而已。
正巧，此時天上風雲變幻，閃電打雷。
霹靂～！
劉備一聽大驚失色，將手上的鐵匙箸順勢丟落在曹操身上，閃電循著金屬匙箸導電在曹操身上。
想黑我啊！你也做得太明顯了。
人家害怕打雷嘛！

粉墨登場　猛將許褚

曹營的大將，深受重用。許褚力氣驚人，光靠一隻手就可以拖動牛。他早年加入義軍，抵抗黃巾賊，後來效命曹操，任貼身侍衛，因個性痴傻，人稱「虎痴」。

我除了會打戰，平時最愛自拍。

語文學堂

- 奉陪：敬辭，陪伴的意思。
- 風雲變幻：本指天氣變化，後常用來比喻局勢變動不定。
- 箸：音ㄓㄨˋ，筷子。
- 黑：陷害的意思。

三國故事開麥拉

劉備成爲「滅曹幫」一員後，刻意在後園搞個菜圃，種起有機蔬菜。有一天，張遼、許褚來找劉備，表示丞相邀約。劉備心驚驚，卻也硬著頭皮去了。曹操邀劉備來小酌青梅酒，酒席間，曹操問：「你倒說說看，當今英雄是誰？」

劉備故意瞎掰地講了袁紹、袁術、劉表、孫策等人。曹操揚起眉毛，不屑地反駁，「都是一堆沒出息的酒囊飯袋！」劉備反問到底誰是英雄？曹操笑了笑，說：「當今天下英雄，只有你和我。」

「啥麼？」劉備嚇死了，手中筷子掉落地上，這時候恰好雷聲大作，劉備從容地拾起筷子，顫抖地說：「這個雷太響了！」

曹操笑道：「大丈夫也怕雷嗎？」他對劉備卸下心房，覺得這個劉皇叔不過是膽小的鼠輩，哪裡是英雄。

雷聲大作，劉備嚇得口吐白沫，昏倒在地。

小劉，別害怕！我幫你做CPR。
我寧可死！

穿越時空

這三大酒局，夠嗆！

「鴻門宴」、「青梅煮酒論英雄」、「江東群英會」是史上著名的酒局之一。

「鴻門宴」說穿了是死亡之宴，楚霸王不爽劉邦先攻進關中，又耳聞他「闔雞趁鳳飛」，想學人稱王，一怒之下，設了酒局想宰他。

但是結局有點「走鐘」，除了喝酒，舉玉珮、舞劍、尿遁、用劍切豬腳、贈白玉璧、砍碎玉杯都出籠了，結果酒局的錢花了，劉邦在保鑣樊噲一句「大行不顧細謹，大禮不辭小讓」下，溜得理直氣壯。

三百多年後換曹操作東，邀劉備「青梅煮酒論英雄」，這場酒局寒酸多了，僅有青梅酒，劉備沒吃到山珍海味，還被曹操笑是膽小鬼。

「江東群英會」活像搞笑版古裝劇，瀟灑一哥周瑜故意放個假投降書，又裝醉好讓蔣幹偷信。急著立功的蔣幹以為賺到投降信，卻死了，卻不知樓子捅大了！

我雖然花了酒錢，至少還賺了上等白璧玉，也不吃虧啦！
幹麼花大錢請客，像我搞個「青梅酒」照樣火紅的很！
我人帥，連酒局後的餘興節目都夠麻辣！
項羽
周瑜
梅

三國笑史

6 三兄弟的帳單

公孫瓚被袁紹打敗，走投無路之下，自焚而死。
袁紹聲勢正盛，袁術想親自送傳國玉璽，歸帝號給他，袁氏兄弟若合兵，對丞相不利，要及早想辦法對付。
我可憐的好朋友，死得好慘！
滿寵
對了！我正好趁此機會脫身。
袁術投靠袁紹，徐州是必經之路，我願領兵半路截擊，生擒袁術交丞相發落。
好！我給你五萬人馬！
劉備剛剛領兵出發，程昱連忙進諫……
丞相讓劉備領兵離開許都，好比放龍入海，縱虎歸山，萬萬不可啊！
算了，讓他走吧！
帳單
劉備三兄弟每天白吃白喝，尤其張飛最會吃，再不讓他們走，我會被他們吃垮了！

粉墨登場　曹營的幕僚滿寵

一生效忠曹操和曹丕。當關羽採水攻包圍樊城時，駐城將領曹仁本來想溜之大吉，滿寵氣得痛罵他一頓。英勇的滿寵不畏水攻，率兵擊退敵兵。三國鼎立時，東吳兵分三路猛攻曹魏，滿寵採夜擊和火攻大破吳軍。曹丕即位後，他也盡心盡力輔佐，因屢次建功，高陞至太尉，掌管曹營所有兵馬。

好感激《三國笑史》的編輯，特別安排版面介紹我出場，叩謝皇恩！英明！萬歲！

語文學堂

- 脫身：指從某種困境中抽身離開。
- 截擊：在中途攔截攻擊。
- 發落：處置、懲罰。
- 放龍入海，縱虎歸山：比喻放走強大的敵人，將導致後患無窮。

三國故事開麥拉

「青梅之宴」的第二天，曹操又請劉備來喝酒。席間，滿寵從河北趕了回來，驚慌地秉報：「袁紹大破公孫瓚，得到公孫瓚的人馬、地盤，聲勢盛大！加上稱帝的袁術想把帝號讓給哥哥，如果袁家兄弟聯手，一定是強敵。」

曹操覺得很棘手。劉備倒想了個主意，說：「袁術若投靠袁紹，一定要從徐州路過。請讓我率領人馬，半路截擊，活擒袁術。」

第二天，曹操撥給劉備五萬人馬，並派朱靈、路昭大將陪同。程昱回來，聽說劉備領了兵馬，都表示讓劉備離開，是「縱虎歸山」，必須派人把他追回來。

曹操派許褚帶五百兵急追，許褚追上劉備，要他打道回府。劉備哪裡肯服從，嗆聲已經上奏天子，又奉丞相的命令才出兵，沒完成使命絕不回去。劉備打算掌握這個機會，要——逆轉勝！

皇叔，快回去，丞相大人請你喝青梅酒。
程昱
又是青梅酒啊！告訴那個白臉曹，難喝死了！
關東煮

穿越時空

世紀大騙局——梅林解渴

曹操青梅煮酒請劉備時，提起當年酷暑攻打張繡，臨機一動說前面有梅林可解渴一事，從這段回憶可知曹操臉皮厚、擅長心理戰術，說謊功力一流。當年他因愛泡妞，泡到大將張繡的守寡嬸嬸，張繡氣得與他翻臉，狠打了起來！

人家說「好漢不提當年勇」，曹操是「梟雄忘記當年囧」，不提泡妞囧事，對騙士兵有梅林可解渴卻自鳴得意。

其實，曹操壓根兒沒看到一株梅子樹，可是梟雄深知「善意的謊言」多麼令人歡喜。所以他夾緊馬肚，趕到隊伍前面，大剌剌（ㄌㄚˋ ㄌㄚˋ）地揚起馬鞭指著前方說：「我知道前面有一大片梅林，那裡的梅子又大又多汁，我們只要繞過這個山丘就到梅林了。」士兵們一聽，個個打起精神，加快步伐。

這場「梅林解渴」大騙局的主謀曹操，不花一滴水就完成使命，一定樂透了！

又冰又涼的梅子茶、梅子冰來了！還有祖傳的梅子香腸。
哇塞！不用到梅子林了，這個更讚。
梅子茶
梅子冰

三國笑史

7 袁術的噴血絕活

劉備領五萬兵馬截擊袁術。
大逆不道的袁術，我奉旨討伐你，還不快快束手就擒！
你這臭賣鞋的，竟敢跟我叫板，我宰了你！
兩軍激戰後袁術大敗想逃回壽春，
沒料到半路遇到盜匪搶劫錢糧草料，接著，士兵叛逃無數。袁術自此落入山窮水盡，衆叛親離的慘況。
袁術窮途末路被圍困在江邊亭閣裡，因悲憤而生了重病。
我口渴，趕快拿蜜水來。
這節骨眼哪裡還有蜜水？
喝血水還差不多！
袁術聽了氣急攻心，口噴鮮血而死，結束了短命皇帝夢。
噗！
噁心！我叫你喝，沒說自己要喝。

粉墨登場　冢中枯骨的袁術

曹操罵袁術不過是「冢中枯骨」，講白話一點叫「活死人」，上不了超級英雄排行榜。當過皇帝的袁術也不能說是小咖，論家世他是富二代，哥哥袁紹是關東盟主，就算沒有「話水欸結凍」，至少水波也會盪漾。然而天命加上自作孽不可活，當上皇帝的袁術成了暴君，搞到最後群雄攻打，吐血慘死。

其實我當年是得了牙周病才吐血，信不信由你們！

語文學堂

- 大逆不道：違抗君王進行反叛活動等重大罪行，比喻罪惡深重。
- 束手就擒：捆起手來等人捉拿，比喻無力反抗。
- 叫板：用犀利言語向對方挑釁。
- 節骨眼：比喻緊要的、能起關鍵作用的時機。

三國故事開麥拉

劉備率領五萬兵馬浩浩蕩蕩地來到徐州，刺史車冑大開城門，請他進城。劉備趕著回家先探望妻小外，也急忙派探子打探袁術的近況，好沙盤推演軍情。

沒多久，探子回報：「袁術已經拿著玉璽，率隊往徐州來了。」

「一定打得你落花流水！」劉備出城迎敵，遇著袁將先鋒紀靈。「大哥，這種小咖讓我來！」張飛持著丈八蛇矛一馬衝出來，刺死了紀靈。

「你這個黑臉的，納命來！」袁術獲報紀靈戰死，急急趕來。劉備一見，揮舞雙股劍，熱血殺去，殺得袁軍落敗而逃。袁術慌忙逃命，嘔得要死，偏偏以前的屬下雷薄、陳蘭聽說袁術戰敗，趁火打劫去搶糧草，搞得袁術灰頭土臉。

此時正值酷暑，他叫廚子取些蜜水來解渴。廚子說：「呸！只有血水，哪兒有蜜水？」「你……造反了！」袁術氣得當場吐血而死。

去找間民宿，我好想泡泡溫泉，再吃頓生魚片大餐。
鮮肉帥哥，這附近是墓仔埔夜總會，要不要大媽陪你？

袁術率領殘兵逃亡，來到荒郊野外。

穿越時空

最有政治頭腦和最駭人聽聞的主廚

中國歷史上有二名主廚最搏版面，一個靠政治頭腦，一個靠駭人聽聞的「料理」。最有政治頭腦的主廚是商朝的伊尹，商湯覺得他很有政治天賦，提拔爲宰相。伊尹不僅廚藝好，也是了不起的政治家，任丞相期間，百姓豐衣足食。

另一位主廚是春秋時期齊國的易牙，靠著精湛廚藝和創意料理深得齊桓公寵信。易牙的心機很深，野心也很大，有一天他聽齊桓公說從來沒吃過嬰兒肉，爲了表示自己的忠心，竟然殺了親生兒子，烹煮成料理。

這種違背倫理的瘋狂戲碼只有易牙演得出來，而昏頭的齊桓公竟然感動噴淚。後來，齊桓公得重病，易牙作亂，不准任何人進宮，活活把齊桓公餓死！

史上最強辦桌爭霸賽
請問二位要端出什麼料理來奪冠？
伊尹
金罵沒某，金罵沒某，三頓呷飯沒人煮……
易牙
ㄘㄟˋ，俗斃了！我走香港「食神」派，講究功力。

三國笑史

8 一篇罵人治病的檄文

袁術死後，劉備不肯回許都覆命，還殺了曹操心腹車冑，重新占領徐州。劉備為防範曹操派兵來奪徐州，問計於徐州大老陳圭之子陳登。
陳登
現在能與曹操對抗的人只有袁紹，皇叔可向他求援。
可是我剛滅了他兄弟袁術，袁紹肯幫我嗎？
放心，袁紹眼中只有利益，他會肯的。
袁紹果然答應出兵三十萬，進軍黎陽，威脅許都，
還令大才子陳琳寫了一篇討賊檄文。
陳琳
檄文傳到許都，原本患病頭疼躺在床上的曹操，讀了檄文嚇得跳了起來。
陳琳這篇檄文寫得真好！
好在哪裡？全是罵丞相的話啊！
我這人就是欠罵，愈罵我愈舒服，罵得我的病都好了。
伸懶腰

粉墨登場　寫檄文的陳琳

建安七子之一，董卓死後投效袁紹。因寫討曹賊檄文《爲袁紹檄豫州文》，言辭犀利，火力全開，罵曹操、罵他的父親、罵他的祖父。後來官渡之戰袁紹大敗，陳琳被捕，曹操問他幹麼寫檄文罵他祖宗三代。這個文筆麻辣的陳琳竟說自己「箭在弦上，不得不發」。曹操賞識他，留在身邊效命。

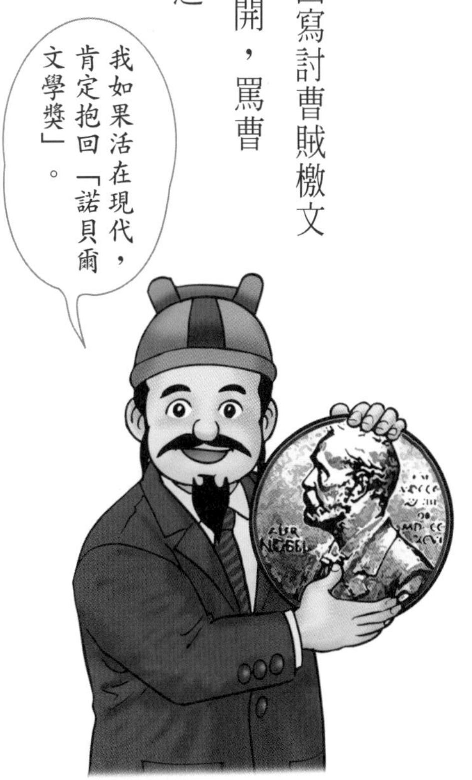

我如果活在現代，
肯定抱回「諾貝爾
文學獎」。

語文學堂

- 覆命：任務完成後，向主人回報執行狀況。
- 心腹：親信、親近而信任的人。
- 檄文：古代用來聲討、揭發罪行、徵召等的文書，特指聲討的文告。檄，音ㄒㄧˊ。

三國故事開麥拉

袁術死後，劉備賴在徐州，那五萬兵馬也留了下來。曹操氣死了，寫密函讓徐州刺史車冑宰了劉備，奪回兵馬。車冑接到密函，找陳登商議。

陳登說：「你在甕城埋伏人馬，等劉備一到，就殺死他。」車冑依計畫行事，卻沒料到陳登溜出城告密去了。陳登碰見關羽、張飛，說了車冑的詭計。關羽讓士兵冒充曹營大將張遼，前來叫門。車冑不知有詐，開了城門，被關羽殺死，埋伏的曹兵見事跡敗露，紛紛投降。

劉備擔心曹操報復，聽說德高望重的鄭玄與袁紹交情好，便寫封書信，求他請袁紹出兵援救。袁紹答應，請書記陳琳起草檄文，把曹操罵得口血淋頭。

曹操看了檄文，嚇得毛骨悚然，本來鬧頭痛竟然不疼了。當他獲知檄文是陳琳寫的，大大讚美他文筆好，可見曹操有多愛材了！

陳琳的檄文搞笑版

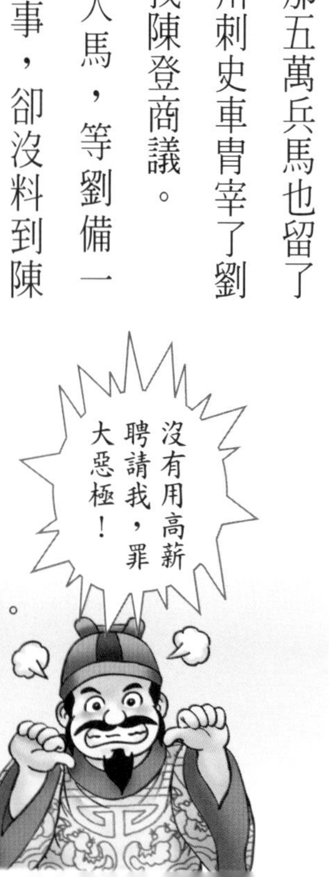
沒有用高薪聘請我，罪大惡極！

白臉曹惡行

1. 臉太白，缺乏健康美。
2. 吃了長高藥依然只有一六Ｏ公分，害藥商聲譽掃地。
3. 愛泡妞，不專情。
4. 青梅酒超級難喝，卻一再請劉備小酌，缺乏誠意。
5. 政治上虛情假意，傷透獻帝的心。

穿越時空

超級麻辣嗆味的檄文

古時候討伐不仁不義的君王、叛賊前，得先寫一篇「虐心」的檄文。因爲中國講究仁義道德，出兵前要有正當理由，不能說爲了搶地盤、奪財寶、劫美女。

檄文寫得愈辛辣愈能激發士氣，像陳琳的討曹檄文連罵曹操三代，罵他的阿公曹騰妨害風化，虐待百姓；阿爸曹嵩狗仗人勢，結黨擴大權勢，想篡奪皇位；曹操則是閹人的子孫，品德差，天生狡猾，愛製造動亂，禍害百姓。

上述內文僅是暖身，接下來火力更猛更強！陳琳大罵曹操敗亂法紀，玷汙王宮，以殺人爲樂；殺了活人連死人也不放過，盜挖先皇親人的墳墓，搶奪陪葬品，禍國殃民，毒害人鬼。

檄文末更提出重獎，能獲得曹操人頭的封五千戶侯，賞錢五千萬。條件開得這麼猛，難怪白臉曹看完檄文，嚇到頭痛都不藥而癒。陳琳，給你按個讚！

檄文寫作訓練班
月底前繳學費的對折優待，保證本人親自教學，結業後介紹到皇宮上班。
學醫、學商、學打球、習電腦，還不如學寫檄文。
檄文寫作訓練班

三國笑史

9 壞習慣不改的吉太醫

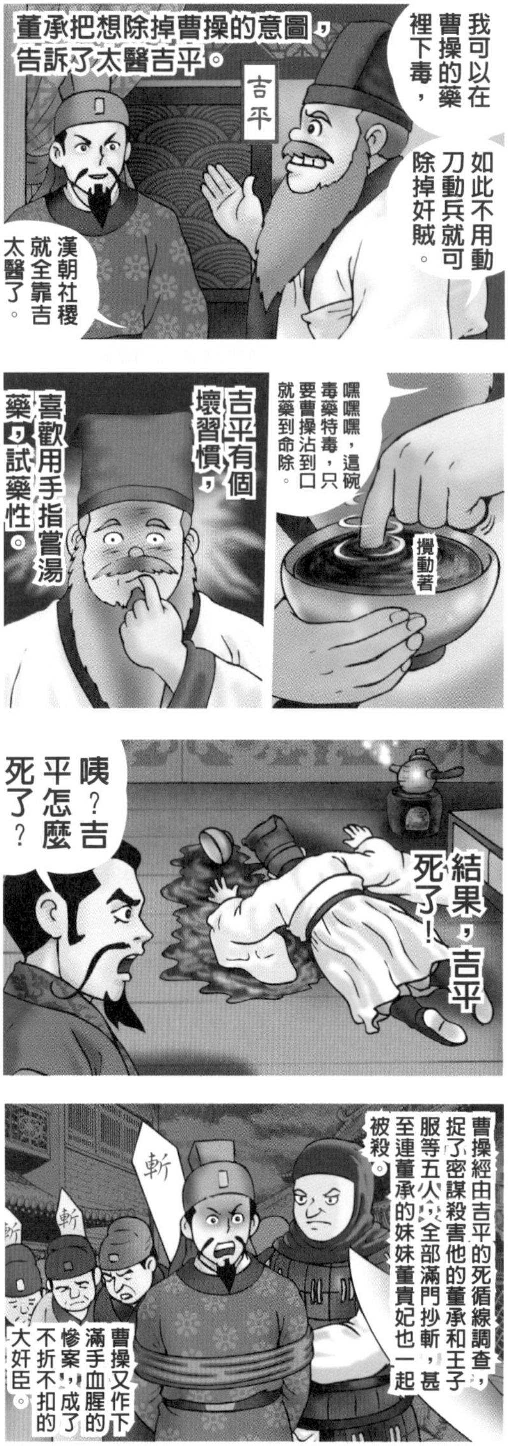
董承把想除掉曹操的意圖，告訴了太醫吉平。
吉平
我可以在曹操的藥裡下毒，
如此不用動刀動兵就可除掉奸賊。
漢朝社稷就全靠吉太醫了。
嘿嘿嘿，這碗毒藥特毒，只要曹操沾到口就藥到命除。
攪動著
吉平有個壞習慣，
喜歡用手指嘗湯藥，試藥性。
結果，吉平死了！
咦？吉平怎麼死了？
曹操經由吉平的死循線調查，捉了密謀殺害他的董承和王子服等五人，全部滿門抄斬，甚至連董承的妹妹董貴妃也一起被殺。
斬
斬
斬
曹操又作下滿手血腥的慘案，成了不折不扣的大奸臣。

粉墨登場　太醫吉平

在《三國演義》裡是正義的化身，他忍辱爲曹操治病，卻不忘朝廷、不忘天子所受的委屈，所以一旦有機會，吉平不畏險惡，義不容辭地加入「滅曹行動」。然而，這個受人欽佩的太醫吉平是羅貫中虛擬出來的，史實上並沒有這號人物。不過，羅貫中塑造的太成功了，這個了不起的太醫至今還烙印在我們腦海裡。

現在有「個資法」，不能隨便洩漏個人資料，別再問我是誰了。

語文學堂

- 意圖：要達到某種目的的打算。
- 社稷：社指土神，稷指穀神，古代君主要祭拜社稷，後用社稷代表國家。
- 攪動：用棍子等在液體中翻動。攪：音ㄐㄧㄠˇ，拌和（ㄏㄨㄛˋ）。
- 循線：沿著線索。

三國故事開麥拉

國舅董承見曹操很囂張，氣得血壓猛飆，太醫吉平爲他治療。有一天，董承請吉太醫小酌，他喝了幾杯，衣服也沒脫就醉倒了。睡夢中他激動地大罵：「操賊，非殺了你不可！」醒來後，吉平表示可以趁著爲曹操治頭痛時，暗中下毒。

「毒操行動」被董家的僕人知道了，他因犯錯被打了四十大杖，懷恨在心，便逃了出來，向曹操告密。

「好大的狗膽！」第二天，曹操假裝生病，請吉平開藥。不知情的吉平在藥中下了毒藥，被曹操派人拖到後園拷打。太醫吉平被砍斷十指後，騙說願意供出主謀，等他被鬆綁，就一頭撞在臺階上死了。

狠毒的曹操展開屠殺行動，下令沒有經過他的同意，皇親國戚都不准入宮，否則一律處死。從此，皇宮風聲鶴唳，連鬼也不敢進來。

操，趁熱快喝下藥，保證藥到「命」除。
這藥有什麼成分？會不會引起嗜睡？有沒有添加胃藥？會不會太苦？可以改成膠囊嗎？藥方取得合不合法？
喂，白臉曹，你夠了沒！

穿越時空

誰下毒殺曹操？

「吉平下毒」是羅貫中杜撰的，歷史上並沒有吉平這個人，也沒有太醫下毒謀殺曹操的記載。不過，歷史上有個太醫叫「吉本」，兒子叫吉邈、吉穆，父子三人確實反曹操，但時間在東漢建安二十三年，西元二一八年，與發生於西元二〇〇年的「衣帶血詔」差距十八年。

當年曹操到關中攻打劉備，派王必維護許都的安全。那時候有個人叫金禕（一），與吉本父子、耿紀等人密謀殺王必。有一天夜晚，吉邈等率領一千多人突擊王必，燒毀了大門，還射中王必的肩膀。王必負傷逃走，後來曹營中郎將嚴匡趕來，殺死了吉本等人。

吉本父子三人在這場暗殺行動中殉難了。

羅貫中可能是刻意把吉本化身爲吉平，寫出「吉平下毒」這麼壯烈虐心的故事。

【新聞颶風特別節目】
下毒男主角與作家面對面
一千八百多年前的下毒案，本節目找來當事人和作家對談，到底眞相是什麼？
吉本
我以太醫的身分鄭重聲明，絕不搞下毒這碼事。
羅貫中
好心予雷㖨（ㄑㄧㄣˋ），沒有這樣乾坤大挪移，你能火紅嗎？

三國笑史

10 可憐的劉備，再會了！

劉備也參與董承的陰謀，我想進兵徐州討伐他，可是又怕袁紹的大軍來犯。
袁紹生性多疑，不足為慮，
丞相先滅徐州劉備，一戰可定！

曹操出動數萬大軍直攻徐州，劉備急忙派孫乾向袁紹求救兵，但袁紹不肯出兵。
我最寵愛的小兒子生病了，讓我心情憂煩，實在無法出兵征戰。
孫乾

劉備因得不到袁紹的救兵，慘敗丟了小沛城，又因陳圭、陳登父子背叛，獻徐州城給曹操，
劉備迫於無奈，單騎逃向青州，自此與關羽和張飛二人分散。
二弟、三弟，希望我們還有再團聚的一天。

警察先生，我家大哥已經失蹤24小時了，
趕快幫我找找。

粉墨登場　當媒人的幕僚孫乾（ㄑㄧㄢˊ）

劉備的參謀，本來是徐州太守陶謙的屬下，陶謙臨死前推荐給劉備，是外交能力很強的人。當曹操攻打劉備，他派人送信給袁紹請求救兵，也曾向劉表交涉，希望保護劉備的安全。後來，孫乾甚至當起「月下老人」，爲劉備和東吳孫權的妹妹孫尚香牽紅線，促成一樁政治聯姻。

我精通公關也
擅長牽紅線，
想結婚的快
Line我！

語文學堂

- 參與：參加。與，音ㄩˋ。
- 不足爲慮：不值得憂慮。不足：不值得。
- 單騎：單人匹馬。

三國故事開麥拉

曹操繼續追殺「滅曹幫」的共犯，劉備的幕僚孫乾獲知消息，急忙通知關羽和劉備。這件事非同小可，劉備寫了一封求救信給袁紹，讓孫乾帶去。

「唉！我小兒子生命垂危，哪有心情管別人的事？」袁紹沮喪地拒絕了。

孫乾見狀，只好回營向劉備稟報。

劉備好急，「這下死定了！」張飛卻信心滿滿，「大哥別擔憂，曹兵遠來疲憊不堪，今夜我去劫寨，一定大破曹操。」

兄弟倆商量後，劉備與張飛分兵二路準備劫寨。曹操獲報，急命人馬分爲九隊，僅一隊在前面虛設營寨，並部署八面埋伏。「敢惹老子，一定打得你灰頭土臉！」曹操恨得牙癢癢。

當夜，劉備和張飛殺進曹營，發現是空寨，想撤兵，卻被團團包圍。二人各自衝出重圍，何時再會只能靠老天爺安排了。

操，待會兒你輸了，要請我們吃碳烤，不能賴皮。
操，上次你欠我一攤還沒請客。
夠了沒！你們別再叫我的名字，很難聽耶！
大富翁

穿越時空

袁紹和曹操搶婚記

袁紹和曹操少年時是死黨，一個是小妾生的，一個是閹官的後代。年輕時，他們都愛與遊俠交往，那時候的「遊俠」講白一點，就是黑道、亡命之徒。

二人少年時很調皮，有一天閒著沒事幹，學人搶婚。怎麼搶？先是曹操大喊：「有賊！」引得新郎等人衝出來抓賊。曹操這招「調虎離山之計」果然奏效，他見大夥跑出來，便帶了刀進去劫走新娘，袁紹傻乎乎地跟著逃走。

一路上，二人既興奮又緊張，袁紹不小心陷入枳（ㄓˇ）棘叢中，掙脫不開，曹操沒有拉他出來，反而大喊：「喂，賊在這裡，快來抓呀！」嚇得袁紹一下子就跳了出來。

曹操用的是「激發潛能法」，讓袁紹使出狗急跳牆的本領，順利脫離險境。從這個小故事可知，曹操比袁紹強，所以能在三國中爭得一席之位。

小屁孩，學人搶婚，還敢嫌我胖。
喂！操，你也幫幫忙，幹麼劫個壯婦。
曹操
袁紹

三國笑史

11 好酷的勞方條件

徐州城和小沛城都被曹軍攻破，獨有關羽仍死守下邳城，為保護劉備妻小不肯投降。
先派數十個徐州降兵混進下邳城當內應，再引關羽出城交戰，趁此時讓內應開城門，引我軍占了下邳城，劫持劉備妻小威脅關羽，這樣他不降也得降。
好！依計而行。
關羽果然中計出城與曹軍交戰，結果被圍困在三座土山，曹操於是派與關羽有交情的張遼前去勸降。
想要我投降有三個條件。
一、降漢不降曹。二、善待劉皇叔妻小。三、若有皇叔下落就辭別丞相。
我回報丞相，請他定奪。
條件還真多，現在老闆難當啊！
曹操愛關羽的才能，勉為其難答應條件招降了關羽，也再次平定了徐州。
投降條件協議書

粉墨登場　被迫投降的關雲長

關雲長就是關羽，有三個兒子為關平、關興、關索。他與劉備、張飛桃園三結義後，忠心耿耿地跟隨劉備打天下。關羽本來是默默無名的馬弓手，因打敗華雄而一戰成名。曹操攻進徐州，劉備敗逃，關羽為了保護甘夫人、糜夫人，被迫投降曹操，但提出漂亮的三條件。後來他在麥城之役被東吳將領馬忠殺死。

語文學堂

- 內應：潛藏在敵方內部，與友軍相互呼應，配合作戰。
- 劉皇叔：指劉備，因身為漢室皇族後代，所以漢獻帝劉協稱他是「皇叔」，以後人稱「劉皇叔」。
- 定奪：決定事情的可否或取捨。

三國故事開麥拉

對比心酸落魄奔逃的劉備，梟雄曹操跩極了！他意氣風發地與謀士們開會，「我要下邳，也要關羽，你們誰有法子讓他投降？」

「先把他逼到走投無路，以劉備的二位夫人為要（ㄧㄠ）挾，再派老友張遼去說服，關羽為了保護嫂嫂，一定行得通。」

這招果然狠！關羽中計被重重包圍，被困在土山。天一亮，他想衝殺，巧遇到張遼。二人是好友，關羽猜測對方是來勸降，表示不怕死，直接拒絕了。

但是張遼勸他，一旦輕易地死將犯三條被恥笑的罪。第一條，如果他死了，劉備活著，不是負了當年桃園結義同生死的誓約嗎？第二條，沒有盡到保護二位夫人的責任。第三條武藝超群，通曉經史，卻無法保衛國家。

關羽想了想，提出三條件要曹操配合，愛材的曹操照單全收。

只要投降，這張支票隨你填數字，我很阿莎力啦！
這絕對是條獨家新聞，帥！

曹操主演的愛情偶像劇

歷史上的曹操除了被定位爲「梟雄」外，還有「殘暴」、「好色」。其實，好女色的曹操也有一段令人淚崩的愛情經歷，有個女人烙印在他胸口，愛到極點卻永遠無法娶進門，那個人就是才女蔡文姬。

蔡文姬是東漢大學者蔡邕（ㄩㄥ）的女兒，兩人彼此有好感，然而年輕時的曹操滿腦子都是殺黃巾賊、殺奸臣董卓，把兒女之情棄在一旁。後來蔡文姬十六歲那年，由父親作主下嫁給大學士魏仲道，婚後一年半就守寡。接下來，因戰事連連，匈奴趁機南下搶奪，蔡文姬被匈奴人挾持到胡地，嫁給左賢王。

過了十二年，身價大漲的曹操想起了戀人，知道她在胡地，「摳」出名的他竟然拿出千兩黃金、白璧一雙贖回蔡文姬。這段「千金換愛人」的戲碼，身爲男主角的曹操有夠浪漫！

東漢偶像劇火紅上演
我心愛的小呀小蘋果。

三國笑史

12 關羽守衛秘密版

關羽準備馬車並親自護送劉備妻小，隨曹操回許都。
迴避
關羽和劉備的兄弟之情太深厚，我要想辦法從中破壞，才能讓關羽真心歸順。
曹操故意安排讓關羽和劉備的兩個妻子同處一室，
想壞其名聲，亂其德行。
我要保護好嫂子，絕不鬆懈。
小關，
你在門口好好把風，別睡著了。
是！大嫂。

粉墨登場　二位嫂子都是美人

依據歷史記載劉備的大老婆甘夫人、二老婆糜夫人都是賢淑的美女。尤其是糜夫人年輕貌美又多金，嫁妝一牛車，二十歲時下嫁給五十多歲的老尪（ㄨㄤ），那時大家好羨慕劉備。這二個夫人挺可憐，曹操攻打徐州，劉備戰敗，卻自顧自地逃命，把老婆丟在城裡，還好有關羽照顧，辛苦地熬了過去，說起來又是一把辛酸淚。

別提那老劉了，有夠窩囊！
糜夫人
甘夫人

語文學堂

- 歸順：投降、歸附。
- 壞其名聲：此指破壞關羽的名聲。
- 亂其德行：此指擾亂關羽的品德。
- 絕不：絕對不能，帶有肯定的語氣。

三國故事開麥拉

曹操打算以百分百誠意打動關羽，所以同意那離譜的「三條件」。他請張遼傳達心意。關羽說：「請丞相先退兵，讓我進城稟報二位嫂子後再投降。」

「英雄講話一言爲定。」曹操下令退兵十里。關羽下山向二位嫂子說明投降的來龍去脈後，就依約去見曹操。

第二天，曹操率領兵馬回許都，關羽負責護送二位嫂子的座車。曹操故意讓三人同住一間營房休息，看關羽怎麼守禮節。然而，大英雄就是大英雄，關羽讓嫂子在屋內休息，自己持著蠟燭，在門外站到天亮。

「果然是忠義之士。」曹操很敬佩關羽的氣節，他回到許都，撥給關羽一間住宅。關羽把宅子隔成兩院，內院派老軍把守，自個兒住外院，每三天在內院外向二位嫂子請安，絕不踏入屋內，以免落人話柄。

【三國爆料週刊】

關羽投降曹操第一晚
劇情發展媲美八點檔

同學們，我們一起來讀《春秋》。
春秋
這腳本是誰編的？有夠無聊！

穿越時空

武財神關公

關羽去世後，人們尊稱爲「武聖關公」，並敬奉爲「武財神」，爲什麼被尊爲「武聖」的關羽會成爲與財源滾滾有關的「武財神」呢？

這來龍去脈得從關羽被迫投降曹操，又離開曹操說起。當年曹操惜材，一心想要關羽爲自己效命，三天一小宴，五天一大宴，送黃金、綾羅綢緞、美女十名、嶄新戰袍，極盡巴結，簡直到了挖心剖肺的程度。

然而，無論曹操怎麼熱臉，都是貼冷屁股。關羽離開時，把曹操封授的「漢壽亭侯大印」懸掛在廳堂，把受賞賜的金銀財寶整理成一箱箱後如數歸還，並附上「原、收、出、存」的賬冊，裡面詳細記載曹操曾經贈送的高檔禮物。人走，禮物還，這就是關羽的行事風格。

這種記賬方式被商人們廣泛沿用，進而尊奉爲「武財神」。

關老爺，請開示我下一期威力彩號碼？
你搞錯了，我從來不報明牌耶！

三國笑史

13 性格美鬚保養偏方

曹操費盡心機想拉攏關羽，希望得到他真心歸順。
我今天帶你去見皇帝，讓皇上認識你這位英雄人物。
關將軍的鬍子好長好亮，保養得真好。
冬天我都把鬍子放在紗棉布囊裡，不讓鬍子受損。
這麼講究，真不愧是美髯公。
這方法還挺特別的，你從哪裡學來的？
看外國雜誌學的。
原來如此。

粉墨登場　不可一世的白臉曹

董卓死後，東漢的歷史舞臺改由曹操發光發熱，懦弱的獻帝劉協怕他怕得要死，凡事都得看曹操臉色，他想提拔誰就提拔誰，沒人敢說No！他很看重關羽，自個兒帶了關羽去見漢獻帝，劉協對曹操欣賞的人，也不敢怠慢，閒話家常下，連鬍子怎麼保養都聊了起來，可見曹操多麼不可一勢。

搞清楚！漢朝天下是我當家作主。

語文學堂

- 費盡心機：費了很大的心思、計謀。
- 拉攏：爲了某種個人目的，用手段使人靠攏到己方。
- 布囊：布袋。囊：音ㄋㄤˊ，袋子。
- 講究：講求、重視。

三國故事開麥拉

曹操為了討關羽歡心，引他進皇宮見獻帝，朝（ㄔㄠˊ）拜後，獻帝封他為「偏將軍」。第二天，曹操準備酒席為關羽慶賀，還贈送好幾匹綾羅綢緞、美女十名。然而，關羽並不動心，把上等布送給二位嫂子，美女則成了婢（ㄅㄧˋ）女。

曹操碰了一鼻子灰，很不甘心。他繼續「加碼」，餐餐山珍海味款待，並送新戰袍。關羽收下了，卻把新的穿在裡面，舊的罩在外面，表示不忘情劉備。曹操表面上誇他重情義，心裡卻不是滋味。

曹操知道關羽向來很保護鬍子，便送他一個黑紗棉布囊。隔天上早朝時，曹操帶關羽一起去，獻帝見關羽的長鬍鬚烏黑又光亮，讚美地說：「眞是美髯公。」從此人稱關羽為「美髯公」。

美髯公
護鬚牌保養液
這牌子讚呀！皇家掛保證。

穿越時空

古代男人性格的鬍子

俗諺說：「嘴上無毛，辦事不牢。」從這句俗諺可推論古代男人以留鬍子爲美事，象徵成熟穩重。

中國人向來崇尚孝道，認爲「身體髮膚受之父母，不敢毀傷孝之始也。」鬍子也是身體的一部分，不能愛剃就剃；加上中國古代尊崇長者，在「孝道」和「尊老」觀念下，古代除了閹官太監，所有的男人都留鬍子。

鬍子的長、短、款式不太相同，有帥氣的「一字鬍」、穩重的「八字鬍」、耍性格的「落腮鬍」，以及長密的大鬍子。男人留鬍子這檔事到了魏晉南北朝徹底「破功」，這時期盛行「花美男」，想當「潮男子」必須剃鬚、敷粉、薰香，以及吃會讓皮膚白裡透紅的「五石散」。

時下的男明星、男名模、藝術家等也愛留鬍子，一來有個性一來也夠「潮」！

關羽是我的偶像，我也想留大鬍子過過癮。
白臉曹，你怎麼變成跑龍套的配角！哇哈哈～

三國笑史

14 關老爺與赤兔馬

曹操送大批金銀財寶和美女給關羽。
把財寶分文不動藏於庫房，美女們送給嫂嫂當婢女，
等有皇叔大哥消息時再辭還給曹操。
曹操送關羽赤兔馬，沒想到關羽竟流下淚來。
我送財寶和美女，你不屑一顧，送你赤兔馬卻感動到流淚，這是為什麼？
痛死我了，這倒楣的馬踩到我的腳了！
轉轉

粉墨登場　赤兔馬的主人

「赤兔馬」產於西域大宛（ㄨㄢˇ），蹄堅硬、耐疲勞。《三國演義》中「赤兔馬」本來是董卓的愛駒，後送給呂布；呂布死後，赤兔馬被曹操奪走。有一年，曹操攻徐州，關羽被曹軍抓走，曹操爲了拉攏關羽，把赤兔馬轉送給他。建安二十四年，關羽被馬忠活抓，馬忠成了赤兔馬的新主人，但赤兔馬絕食而死。

安排我和歷任主人合影，很奇怪耶！

語文學堂

- 分文不動：比喻一毛錢也沒有拿。分文：極少的錢。
- 竟：副詞。表示有點出乎意料。
- 不屑一顧：事物不值得看，表示輕蔑。

三國故事開麥拉

有一天，曹操命手下牽出一匹駿馬，問：「雲長認得這匹馬嗎？」關羽眼神發亮，說：「是呂布的赤兔馬，人稱天下第一好馬。」

曹操慷慨地送給他。關羽連忙拜謝，「謝丞相。」

「我之前送美女你不謝，送馬你卻拜謝，難道美女比不上畜生貴重嗎？」曹操對關羽突如其來的舉動，感到愕然。「這赤兔馬日行千里，我若得知大哥的下落，一天就能找到他，當然開心。」關羽誠實地回答。

關羽離開後，曹操問張遼：「我待雲長不薄，他幹麼老想著要離開？」張遼找了個機會問關羽。「曹丞相待我再好，也比不上我跟皇叔發誓同生死，如果他遭遇不測，我就隨皇叔到九泉。不過，曹丞相待我也有恩，我會立功報答了再走。」

曹操知道後，嘆息地說：「雲長眞是天下義士。」

英雄關羽熱血戰紀
暑假強檔新片上映
我出狠招扮馬僮，這種苦情安排一定可以打動關羽。

穿越時空

三國美食家曹操

梟雄曹操愛權力也愛美食，尤其愛吃雞。有一年他攻打劉備，卻一直搞不定，煩得很！夜晚用餐時，大將夏侯惇（ㄉㄨㄣ）進營帳問軍令口號。那天火伕煮了雞湯，曹操便隨口答了一句：「雞肋」。

夏侯惇問主簿（古代負責文書事務，相當於現在的秘書長）楊修軍令「雞肋」是什麼意思？楊修一聽就知道曹操想退兵，因爲「雞肋」丟棄可惜，但是食之無味，就像這場戰役，再硬打下去也沒啥意義，不如收拾行囊回家算了。

曹操愛吃「烏骨雞」，據說是華佗進獻的食補，能滋陰壯陽。另有一道菜叫「官渡泥鰍」，官渡之戰時，糧食不夠，有個士兵抓了泥鰍烹燒來吃，本來違反軍紀要斬首，但曹操一吃太美味，便饒了這名士兵，還爲這道菜命名。曹操不僅有謀略又有文采，還是品味一流的美食家。

這年頭當梟雄太辛苦，我轉換跑道賣年菜，別罵我只會挖墓盜寶唷！
風沙滾滾梟雄雞
關羽粉絲歡心雞
英雄美人文姬雞
三國稱霸霸王雞
【曹操年菜雞禮盒】

三國笑史

15 顏良是顆活棋子

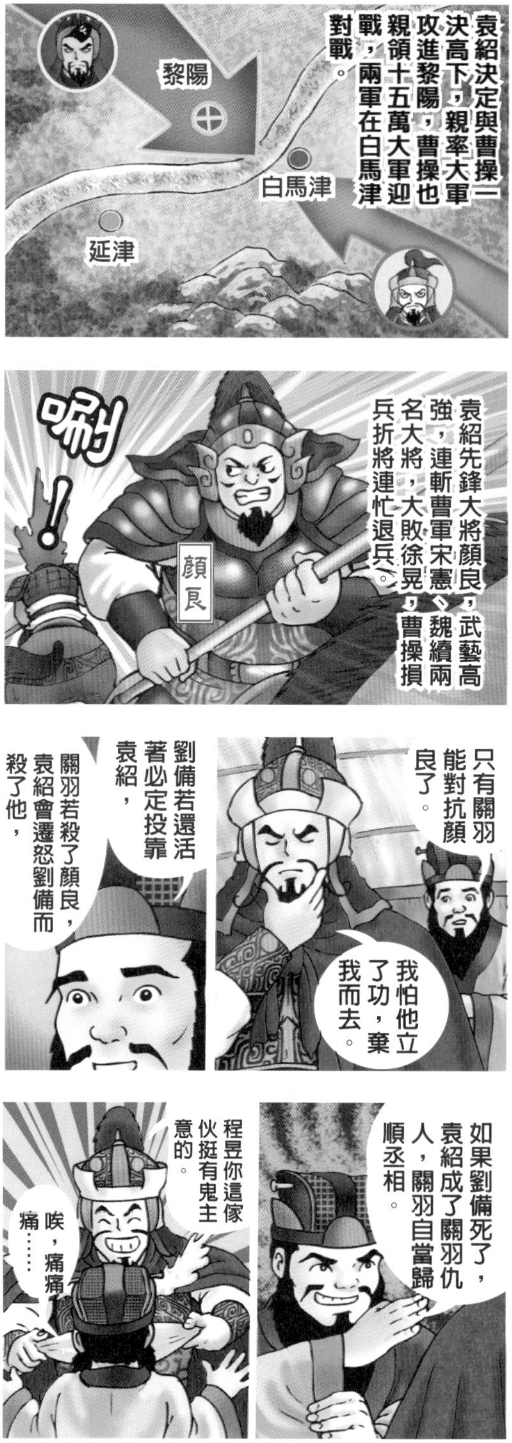
袁紹決定與曹操一決高下，親率大軍攻進黎陽，曹操也親領十五萬大軍迎戰，兩軍在白馬津對戰。
黎陽
白馬津
延津
袁紹先鋒大將顏良，武藝高強，連斬曹軍宋憲、魏續兩名大將，大敗徐晃，曹操損兵折將連忙退兵。
唰！
顏良
只有關羽能對抗顏良了。
我怕他立了功，棄我而去。
劉備若還活著必定投靠袁紹，
關羽若殺了顏良，袁紹會遷怒劉備而殺了他，
如果劉備死了，袁紹成了關羽仇人，關羽自當歸順丞相。
程昱你這傢伙挺有鬼主意的。
唉，痛痛痛……

粉墨登場　這一集顏良掛了

顏良是袁紹眼中的紅牌大將，身手矯健，戰鬥力強，多次出生入死，立下汗馬功勞。有句話說：「出來混，遲早要還的。」意思是自己種了什麼因，就會得到什麼果。顏良在沙場上斬將殺兵，不可一世，然而天下沒有永遠的猛將，當他遇到大英雄關羽時，被一刀斃命於馬下。這樣的噴淚結局，顏良作夢也想不到。

公祭那天，絕對不能提關羽，否則我死不瞑目。

語文學堂

- 白馬津：古代渡口名，在今河南省滑縣北。
- 損兵折將：兵士和將領都遭受損失或傷亡。指作戰失利，損失慘重。
- 自當：自然應當、理所當然。

三國故事開麥拉

春暖花開時，袁紹興起了攻打曹操的念頭。參謀田豐反對，說：「當時許都兵力空虛卻不攻占，現在曹軍兵馬強盛，貿然出兵一定吃力不討好。」

袁紹聽了很惱火，覺得田豐嘲笑自己當時因小兒子生重病，沒心情作戰，現在講風涼話分明是唱衰自己，想殺了他，但在劉備苦勸下，改關到監獄。

他派大將顏良打先鋒，攻打白馬津。曹操也不甘勢弱，派精銳兵馬十五萬，分三隊迎戰。戰將顏良不是被嚇大的，他領兵十萬，一出馬就接連砍殺了曹軍將領宋憲、魏續，連徐晃揮斧出馬，雙方激戰十多回合也慘敗逃走。

曹操慌了起來，程昱建議派關羽出征，但他怕關羽打贏立了大功會離開，不肯答應。後來在程昱的說服和推測戰情下，才派人請關羽救急。

省錢大作戰
省錢是美德
節(ㄗㄨㄣ)開銷
丞相，這場戰役共花了一億八千萬兩。
啥麼？快……給我降血壓藥，我的心臟快……嚇停了！

穿越時空

「摳神」曹操有多「摳」？

曹操是個很「摳」的人，喜愛走儉樸的休閒服打扮，也要求家人不能奢華。大家一定很難想像，曹操是梟雄、官拜丞相、三國魏的奠基者，女兒還嫁給漢獻帝，堂堂皇帝的老丈人，幹麼那麼「摳」？

但他偏愛這一味，規定家人不能穿五顏六色的衣服，老婆、女兒、媳婦都不可穿繡工講究的繡花鞋，也禁止用熏香，套句現代話是不可用香水、精油。

有一天他那個嫁給漢獻帝的女兒，覺得被褥、衣服有點味道，便用香稍微熏了一下，被曹操知道了，挺不高興。他加碼公布居住的屋子如果有霉味，必須用香熏的話，僅能用蕙草（一種有香味的草本植物）代替。

他對媳婦也很嚴厲，有一次，曹植的老婆愛美，穿了件繡花衣服，曹操火大地命人處死。這個白臉曹除了是梟雄，封他為「摳神」也不為過。

曹操的老婆、女兒、媳婦

歹勢啦！出來闖，總是要「假仙」一下。

三國笑史

16 關羽斬顏良，帥啊！

關羽騎赤兔馬到白馬津。
河北人馬雄壯，顏良武功高強，雲長出戰可要當心。
在我看來，顏良不過是插標賣首之輩而已。
關羽騎馬衝進袁軍之中，提刀直奔顏良麾蓋。
你是誰？
唰
！
顏良話才剛問完，人頭就被關羽砍落。
雲長，你果然是戰神！
那可不！你以後到我廟裡拜拜，記得多捐點香油錢。

粉墨登場　關羽和青龍偃月刀

關羽騎的愛駒赤兔馬很搏版面外，他手持的武器「青龍偃月刀」也很有名氣。當年他與劉備、張飛結爲三兄弟，從軍打黃巾賊，劉備請工匠打了一把重達近五十公斤的寶刀給他，又稱「冷豔鋸」，屬長柄刀。英雄關羽持著青龍偃月刀殺了黃巾賊、斬了敵將華雄、顏良、文醜……，英雄配寶刀，威風凜凜。

靠拿著青龍偃月刀，我練出漂亮的二頭肌。

語文學堂

- 可要：一定要。可：副詞。表示強調的語氣。
- 插標：古代在賣身者身上或物品上插草，以作爲出賣的標誌。
- 輩：類。
- 麾蓋：古代將帥所用的車蓋及旌旗。

三國故事開麥拉

關羽聽說有立功的機會，整個人精神抖擻起來，提刀上馬來到白馬津。「雲長，你來了。」曹操準備酒席款待他，忽然營外傳來吵雜聲音。「白臉曹，別窩在裡頭！」原來是顏良闖來曹營下馬威。

二人放下酒杯，來到土山觀看。

曹操提醒關羽北方人馬精壯，迎戰得小心！關羽卻不以爲然地說：「我看那些兵馬不過是土雞瓦犬，嚇唬不了我。」

曹操指著叫囂的人，說：「那員大將就是顏良。」

「他是來賣人頭的，算不了大將。」關羽勇猛地衝下土山，狂奔敵陣，只見關羽刀起刀落，顏良已經被劈死馬下。

關羽跳下馬，割下顏良的人頭，獻給曹操。曹操稱讚：「將軍眞是天神，佩服！佩服！」

顏良，快納命來！
停！我先自拍看哪種表情最帥最酷最淒美，
等我挑好後，你再動手！記得取角度唷！
導演，這腳本莫名其妙，我不拍了！

古戰神蚩尤

蚩尤是傳說中的人物，爲新石器時代東方九黎族部落的酋長。五千年前的涿鹿之役，黃帝發明了指南車，才能在濃霧中辨明方向，大敗蚩尤。

戰敗的蚩尤傳說有二種命運，一是被軒轅氏黃帝砍下頭；另一種說法是臣服黃帝，爲他效勞。黃帝視蚩尤爲「戰神」，把他的圖像畫下來，讓人以爲他沒死，作亂的人一看到戰神圖像都嚇壞了，個個不敢造反。

因爲蚩尤是傳說人物，誰也沒看過他的長相，有人妖化他，也有人神化他，於是有了「銅頭鐵額」、「人身牛蹄」、「四目六手」、「八肱（ㄍㄨㄥ）八趾」（八隻胳膊八隻腳趾頭）的長相，更誇張地還說他能吞食沙子、小石子。

也許歷史上根本沒有蚩尤這號人物，但他勇猛的戰神形象卻深植人心。

導演，這個戰神的妝要搞很久耶！
哈哈哈，還是我騎著馬、帶寶刀比較「神」啦！

三國笑史

17 整型報導救大耳仔

什麼人斬了我大將顏良？
沮授
那人紅臉長鬚像是劉備二弟關雲長。
大耳仔，關羽斬我愛將，你也一定與曹操串通，
留你何用？拉出去砍了！
天下長得像的人太多了，怎能肯定斬顏良的就是關羽？
哪有這麼巧？
會有人長得像關羽。
三國日報
怎麼沒有，長得像的人多的是。
韓國舉行選美比賽，參賽的美女被懷疑整容成一個模樣。
還真是這樣，
韓國選美比賽奇聞
21位佳麗整容複製美貌
看來我是誤會你，差點錯殺好人。

粉墨登場　鬱卒的幕僚沮授

袁紹手下的參謀之一，曾建議袁紹迎獻帝，才能挾天子以令諸侯，但袁紹認爲不妥而作罷。袁紹讓三子各據一州，以考驗其能力，但沮授覺得這樣可能引起手足殘殺，勸他不要，卻不被採納。他見袁紹有意南攻，大力反對，主張不宜過度用兵，但袁紹堅持打曹操，結果官渡之戰大敗，沮授因不投降而被曹操處死。

語文學堂

- 串通：彼此勾結，常指做壞事。
- 肯定：一定，沒有疑問的語氣。
- 巧：巧合，此指湊巧長相一模一樣。

三國故事開麥拉

袁軍驚慌地逃回陣營，臉色慘白的向袁紹稟報：「不好了！有個紅臉長鬍子的人殺了顏良，還把他的頭砍下來。」

幕僚沮授一聽是紅臉長鬚，斷定是關羽。袁紹對著劉備破口大罵：「你這個忘恩負義的大耳仔，竟然敢戲弄我！」抓狂的他命人把劉備拖下去砍頭。

寄人籬下的劉備嚇得心臟快停了，連忙辯解與關羽在徐州失散後，就沒有聯絡，又怎麼與他聯手？更何況對方也沒說自己是誰，怎麼能斷定是關羽？」

袁紹認爲有道理，就赦免了劉備。袁紹決定撥給大將文醜十萬人馬，讓他渡黃河去殺曹操，並要劉備與文醜同行。然而，文醜瞧不起他，僅分給劉備二萬兵。

關羽因殺了敵將，立下大功，獻帝封他爲漢壽亭侯。

深夜食堂
深夜食堂
大哥，這次我靠美髯鬚搏版面，下一次我要怎麼打扮才上相？
二弟，建議你扮成忍者、超人、武松、蜘蛛人，一定紅透了！

穿越時空

古人也愛吃火鍋

凜冽寒冬，人人都想「吃火鍋」。根據考古學家研究，商朝和周朝人已經開始吃火鍋，他們用三足的「鼎」來裝肉，直接放在地上，下面堆置燃燒的木柴，大家圍著吃，好過癮也好熱鬧！

到了秦朝，人們愛吃狗肉火鍋。古人不時興吃素，吃肉是一種享受。然而，牛用來耕種，馬用來作戰，驢子用來拉車，沒有霜降牛肉、油花漂亮的五花豬肉、紅燒魚頭，而烏骨雞是給像曹操這種層級的人享用，平民、士兵想吃肉解饞，找來找去狗肉最好取得，所以考古學家挖出的青銅鼎有狗骨頭也不足爲奇了。

戰國時期的青銅器除了有三足鼎，還有一種青銅溫爐，上層裝食物，下層裝炭火，可以用來裝美酒，冷冷的冬天，喝著溫酒，吃著火鍋，好幸福！

三國笑史

18 關羽殺文醜，酷啊！

袁紹又派勇將文醜迎戰曹軍。
我要替顏良報仇，非殺了那個紅臉長鬚的匹夫不可！
文
文醜
文醜武藝更勝顏良，曹軍張遼、徐晃都不是他的對手，曹操只好再派關羽與文醜對陣。
漢壽亭侯關雲長
曹操特別為關羽做了一面大旗。
我要讓天下人都知道，關羽現在是我的部將。
關羽果然厲害，僅交戰三回合就將文醜斬死在馬下。
劉備你這小人，你二弟打著關雲長旗號又殺我大將文醜，
這次你抵賴不了，我要殺了你！
天底下同姓同名的人多的是，不信，你隨便打個名字在臉書上搜尋看看。
還真是這樣，看來我又誤會你了。

粉墨登場　袁軍雙璧之一的文醜

袁紹軍隊有二大猛將，美稱「雙璧」，一是文醜，另一個是顏良。文醜武藝高強，曾與趙子龍打成平手。當他獲知顏良被關羽殺死後，一心想爲拜把兄弟報仇。他在延津之役與關羽大戰，因打不過想溜走，卻被關羽一刀砍死。然而這都是《三國演義》的情節，歷史上僅記載他戰死，沒說是死於誰之手。

我靠著被關羽殺死的劇情搏了不少版面，也接了不少通告，挺划得來。

語文學堂

- 匹夫：無學識、無智謀的人，也泛稱一般的人。匹：音ㄆㄧˇ。
- 對陣：兩方人馬擺開交戰的陣勢。
- 不了：放在動詞後面，強調動作的不可能。了：音ㄌㄧㄠˇ，放在動詞後，常與「得、不」連用，表示可能或不可能。

三國故事開麥拉

袁軍的探子匆忙進營，「急報！袁紹派大將文醜渡河了。」曹操傳令把糧草放在前隊，兵馬部署在後面。「丞相，這樣不是白白把糧草送給敵方嗎？」

「哈哈！就是要他們搶！」曹操自有打算，下令執行。

大將文醜跩跩地率著兵馬來到，曹軍一見，依令扔了糧車，慌張逃命。「這是哪門菜鳥，沒打就落跑。」文醜讓士兵敢緊搶糧車、馬匹，結果陣容大亂。

曹操見文醜中計，得意地說：「等一下讓你見閻王。」曹操命士兵衝殺，正搶得開心的文醜等人馬沒料到有這一招，結果自相踐踏，亂成一團。

文醜在後急追趕，迎面遇到關羽，二人打了幾回合，關羽持刀往文醜腦後一砍，對方就命喪黃泉，見閻王了。

嚇！那個喝咖啡的發福大叔是文醜嗎？
哇咧！禿頭、鮪魚肚、三層下巴，慘！
爲什麼要安排我敗給關羽，氣～～～

記者捕獲野生文醜，戰神身材慘烈崩盤！

有趣的關公諺語

人們根據《三國演義》描述關羽膾炙人口的故事，創造了趣味歇後語，例如：

一、關公賣豆腐，人硬貨軟：諷刺人想要逞強但沒有眞本事。

二、關公面前耍大刀，自不量力：譏人在行家面前賣弄本事。

三、關羽降曹操，身在曹營心在漢：比喻雖投降但心不在敵軍。

四、關羽失荊州，吃虧全在大意：三國時期，關羽因一時大意而使蜀漢失去荊州。比喻因一時疏忽而造成重大損失。

五、關帝廟裡找美髯公，保你不撲空：比喻不會白費力氣。

六、關帝廟裡求子，跨錯了門：人們到關帝廟都是求財，想求子應到觀音廟。

七、關羽放曹操，念在舊情：曹操敗逃後與關羽在華容道相逢，關羽念在往日曹操曾饒他一命並善待他，而放走曹操，所以說念起舊情。

看了這些歇後語，你最喜歡哪一個？
到臉書「三國笑史粉絲專頁」留個言吧！

三國笑史

19 大耳仔又逃過一劫

大耳仔，我已經查清楚了，
殺顏良、文醜的人就是關羽，今天我非殺了你不可！
曹操故意讓關羽殺了袁公二將，再借你的手殺我，你可別中計啊！
聽起來挺有道理，那你說該怎麼辦？
只要讓雲長知道我人在袁公營裡，他必定來投靠你。
那太好了，能得到雲長更勝顏良、文醜十倍戰力，
你快寫信叫關羽跳槽來我這裡上班。
幸好袁大頭挺好唬弄，不然，我就沒命了！

粉墨登場　耳根軟的袁紹

東漢末年，董卓死後，就屬袁紹、曹操軍力最強。以家世背景來看，出身豪門的貴公子袁紹強多了。然而，「性格決定命運」，自大沒主見的袁紹用人卻常不信任人，對參謀們的建議也常無法判斷；一心只想打垮白臉曹，卻沒有好好地評估戰情，以致官渡之戰慘敗，退出爭霸局面。

我是永遠的關東主，讀者們，給我溫暖肯定的評價吧！

語文學堂

- 不可：表示必須或一定。
- 借刀殺人：比喻自己不出面，利用別人去害人。劉備指出曹操利用關羽殺了顏良和文醜，目的是要袁紹因憤怒而殺了自己，所以是借刀殺人。
- 唬弄：哄騙他人。

三國故事開麥拉

袁軍大敗，袁紹獲報關羽殺了文醜，鐵青著臉大罵：「大耳賊，非宰了你不可！」袁紹命人把劉備拖下去處決。

劉備知道無法再辯解同名同姓，淡定地說：「請讓我講完話再殺吧！」

「就讓你死前說個痛快！」袁紹冷冷的話中充滿狠勁。

「曹操派關羽連殺袁軍二將，是想借袁公的手來殺我，使袁公承擔迫害賢良義士的罪名。」劉備冷靜地分析。

袁紹說：「我差點兒上當了。」便赦免了劉備。逃過一劫的劉備趁機獻計，「讓我寫封密信給關羽，他一定會來找我，協助主公殺了曹操。」

袁紹大喜，幾近淚崩地說：「太好了！得到雲長，勝過顏良、文醜十倍。」

戰國八卦報

大耳仔寫給關羽的密信
獨家限時公開ＰＯ上網

Dear吾弟雲長：

吾兄已轉換跑道，與袁紹合作網購，正缺人手，月薪66K，極力推荐你來合夥。曹操只會吹噓當年「望梅止渴」、「割髮代首」的奥步，以及靠盜墓發財，在他公司上班，人生是黑白的。接到密函，請速LINE我。

穿越時空

劉備的江山，哭來的！

「劉備的江山，哭來的！」這句歇後語是諷刺大耳仔劉備以哭搏人心。

劉備二十八歲前都與寡母在家織草席、草鞋，這看起來有點像「媽寶」的男人會有什麼成就呢？但是桃園三結義後，在人人搶奪權勢下，他逆向操作，以「仁義」自居，這恐怕是他以前在市集鬼混時作夢也想不到的事；接著，莫名奇妙地當上徐州太守；又攀登到「皇叔」地位，連梟雄曹操都視他爲天下英雄。

劉備把「哭功」發揮的淋漓盡致，一哭，得猛將趙子龍、得神算一哥諸葛亮；連徐庶離開時，他也上演一段「哭送情」；關羽死後，他沒日沒夜地哭，連續三天不進食，眞情感動天地。劉備活著時哭，快死了也來一段「虐心戲」，哭到諸葛亮拚了性命也要扶持那個沒用的少主阿斗。

「劉備的江山，哭來的！」這句話講得眞貼切。

【劉備哭功五連拍，好神！】

三國笑史

20 關羽Say goodbye

袁曹兩軍暫時停戰，各自按兵不動，曹操命夏侯惇領兵守住官渡隘口，自己班師回到許都。
主公人在袁紹軍中，請關將軍速去相會。
劉備趁戰情和緩之際，派孫乾潛入曹營密見關羽。
太好了！我立刻趕回許都辭別曹操，再保護二位嫂嫂前往與大哥團聚。
關羽回許都後，以已經得知皇叔下落的理由要辭別曹操。
關羽這人講求信義，來去明白，他想跟我辭行，我偏不見他，這樣他就走不了。
關羽一連去了數次相國府要辭行，都得不到曹操接見。
府
迴避
曹操不肯見我，只好寫信跟他辭行。
當曹操收到關羽的辭別信，感覺十分意外。
這封信也太可愛了吧！

粉墨登場　呑眼珠子的夏侯惇

漢朝大臣夏侯嬰的子孫，曹操的堂兄弟，早年跟隨曹操打黃巾賊。有一年，他率兵馬與呂布軍隊對峙，卻被敵將曹性射中左眼，他忍痛把箭和眼珠子拔出來，還一口呑掉眼珠子，從此有了「盲夏侯」的綽號。夏侯惇爲人不重錢財，常把金銀珠寶分給部下，獎勵他們。

這呑眼珠子的戲碼，只有我夏仔敢挑大樑搏命演出，酷吧！

語文學堂

- 按兵不動：使軍隊暫不行動，等待時機。多比喻接受任務後卻不行動。
- 隘口：狹窄的山口。隘：音ㄞˋ，險要的地方。
- 來去明白：是說關羽爲人坦蕩，該來該去都是光明磊落。
- 偏：偏偏，表示故意跟客觀情況、要求相反。

三國故事開麥拉

曹操正開心地舉行慶功宴，卻傳來汝南一帶的黃巾賊餘黨作亂。關羽自願領兵殺賊，曹操擔心他立功後會離開，硬是不答應。

在關羽懇求下，曹操無奈地撥了五萬人馬給他。關羽來到汝南，迅速紮好營寨。當天夜晚，巡營士兵捉拿了兩個探子，關羽發現其中一人是老友孫乾，問了才知道孫乾是來協助自己逃往袁營，大哥劉備正等著與他相見。

曹操獲報關羽已經知道劉備的下落，怕他來辭別，乾脆掛上「迴避牌」，耍起奧步。「我不見你，看你如何辭別？」關羽去見張遼，張遼也派手下傳達生病不見客。關羽幾次碰壁後，便寫了辭別信，派人送往丞相府，自個兒離開了。

關雲長真誠辭別信
白臉曹淚崩捶心肝

白臉曹：
這陣子在你那裡吃吃喝喝，謝謝招待了！有句話遲遲不好意思說，其實你準備的蔬菜不是有機、據說用餿水油、雞肉好像打過針，我吃的心驚膽顫，步步心驚。

我想念大哥劉備的拿手菜
滷肉飯、沙鍋魚頭、
關東煮……
你——永遠也比不上他啦！哈～～

穿越時空

「迴避牌」是啥麼？

「迴避牌」是木製長方形牌子，下端有柄可以插在架子上，提醒別人要避退、避讓的意思，爲下對上、官府對百姓才使用，一般家庭不會出現這玩意兒。

〈包青天〉戲劇中，當包青天升堂辦案時，一旁都會出現「肅靜」、「迴避」的牌子，提醒被告、告訴人要保持安靜，閒雜人等不要進來湊熱鬧。誰敢亂了規矩，包青天便拿起「驚堂木」（古時候審理案件時，主官用來敲擊桌子，警戒或威嚇受審人的長方形木塊）用力一拍，保證人人嚇得臉色發白。

關羽看見「迴避牌」當然不能硬闖，只好寫信辭別。

時下的交通標誌也有這層意涵，例如：禁止停車、禁止左轉、禁止超車，以及圖書館、醫院常見的保持肅靜、禁止喧嘩等等警示標誌。

導演，一定要掛這玩意兒嗎？你好像在惡整我。
操哥，快！來個三連拍。
迴避

三國笑史

21 關羽離去不回頭

關羽將曹操送給他的金銀珠寶都封存在庫房中，
漢壽亭侯的大印懸在堂上，
護著二位嫂嫂上車，一刻也不肯多留，直接趕往北門出城而去。
什麼！雲長走了。
蔡陽
末將願率三千鐵騎，前去生擒關羽回來，讓丞相發落。
我答應過他，只要有劉備消息就放他離去，我豈能失信食言？
算了！他是忠義之人，各為其主，讓他走吧！
丞相真是寬宏大度的明主啊！
算他聰明，除了那匹赤兔馬，關羽把我送他的東西都還給我了，
這個負心漢如果讓我人財兩失，我是不會這麼輕易放他走的。

粉墨登場　曹營武將蔡陽

有的史書是寫「蔡揚」，曹操的部將之一，與其他將領如夏侯惇（ㄉㄨㄣ）、典韋、張遼、于禁等等相比，表現較遜色。建安六年（西元二〇一年）曹操、袁紹大戰，汝南縣（今河南省）黃巾賊龔都（ㄉㄨ）等人呼應劉備，一起攻打曹軍。蔡陽奉命迎戰，但是兵力不敵，結果慘敗被殺。

人的價值在於自我肯定，那些史學家不懂我啦！

語文學堂

- 封存：封藏保存。
- 末將：將官自謙的稱辭。
- 各為其主：各自為其主人做事。
- 明主：賢明的君主。

關羽留下官印、金銀財寶、美女，急急護送二位嫂嫂走了。門官一見關羽，擋住城門。「沒有丞相下令，誰也不准離開。」

「快閃！」關羽騎著赤兔馬，持著青龍偃月刀，對著門官大喝一聲。那門官嚇壞了，也不敢攔阻，快快退到一旁。

此時，曹操正與參謀們討論如何留住關羽，門吏等人卻來報，說關羽已經走了。將軍蔡陽頭冒青筋，罵道：「這麼囂張！非把他捉回來才行。」

參謀程昱也急了，說：「既然他不肯留下來，得殺了他絕後患。」

「關羽不忘故主，來去分明，是真正的大丈夫，我怎麼能殺他。」曹操交代張遼，「你先趕去請關羽留步，我馬上去送行，贈他盤纏、戰袍，當作紀念。」曹操使出「溫馨情」，企圖想留下關羽。

關老弟，求求你，不要走！不要走！
快放手，我不是陳宮，拜託別來這一套。

穿越時空

武將大車拚

曹操、劉備二大英雄手下的武將誰「卡勇」，瞧瞧他們的戰績就能分出高下。

曹操五大將

張遼：屬貼身保護皇帝的武官。於官渡之戰和赤壁之戰都擔起重任。

樂進：在逍遙津戰役故意敗逃，誘引孫權軍急追，助張遼突襲成功。

于禁：帶兵嚴格，獲曹操獎賞。關羽攻樊城，前往救援卻遭俘虜。

張郃（ㄏㄜˊ）：袁紹手下，曾討伐黃巾賊，後降曹操。曾於街亭大破蜀將。

徐晃：關羽攻打曹魏時，曾率兵擊退。

劉備五虎將

關羽：殺強將華雄而一戰成名；後斬顏良、文醜，過五關斬六將。

張飛：以智鬥巴郡太守嚴顏，使其臣服；於長阪橋力擋百萬曹軍。

趙雲：於長阪坡一夫當關，救出甘夫人和劉禪；曾單槍匹馬阻止曹軍攻入漢中。

黃忠、馬超：黃忠曾斬殺曹將夏侯淵；馬超曾大敗曹操。

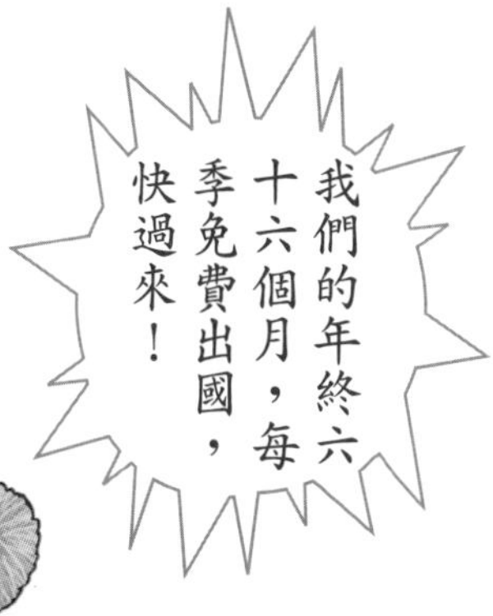
我們的年終六十六個月，每季免費出國，快過來！

三國笑史

22 輕輕地，雲走了！

曹操追上關羽一行人。
雲長且慢，不要走得那麼急！
丞相難道想阻攔關某離去？
我說話算話，只是心中不捨雲長離去，前來送行，
讓我唱首歌，當做臨別的贈禮吧！
你怎麼可以戲弄我
怎麼可以說走就走
離開也不說bye bye
沒良心的人啊
像一片雲悄悄飛走
狠心不回頭
留下我
唱著不甘心的離別歌
送你走
夕陽餘暉中，伴隨曹操哀怨的歌聲，關羽護著車駕，頭也不回地走了。
歌唱得挺好聽的。
啊～

粉墨登場　不愛財的關羽

當年關羽因劉備敗逃，成了曹軍俘虜，在進退兩難下只好投降，但以三條件來交換。其中最令曹操難堪的是一旦有劉備的消息，將要讓關羽走。重誓約、講義氣、不愛財的關羽離開時，把曹操贈送的金銀財寶統統封存，歸還給對方，還列了清單。關羽這樣的表現令人佩服，不愧是大英雄。

年輕人，重誓約、講義氣要學我這樣做，不是逞兇鬥狠。

語文學堂

- 說話算話：話說出來，就要實踐。
- 餘暉：傍晚的陽光。暉：陽光。
- 挺：很。作副詞，表示程度相當高。

三國故事開麥拉

關羽一行人風塵僕僕地趕路，忽然聽見張遼大喊：「雲長慢走，丞相要親自爲兄送行。」

「我已經豁出去了，絕不回去！」關羽持刀立馬橋上，見曹操率領十多人飛馳而來。曹操一到橋上，下令諸將勒住馬，左右擺成一排，表情無辜地問：「雲長爲什麼匆匆忙忙離開？」

「我幾次向丞相辭行，都不能參見，請丞相別忘記當年的諾言。」關羽淡定地回答。

「別誤會！我是特地送盤纏來。」曹操下令部屬托著一盤亮閃閃的黃金送給關羽，但被拒收。曹操又命令將士捧著新戰袍，關羽怕有詐，僅用刀尖把袍子挑起來披在身上，拱手稱謝，毫不留戀地下橋走了。

「罷了！是我當年答應他的，別追了。」曹操無奈地嘆氣，望著關羽離去。

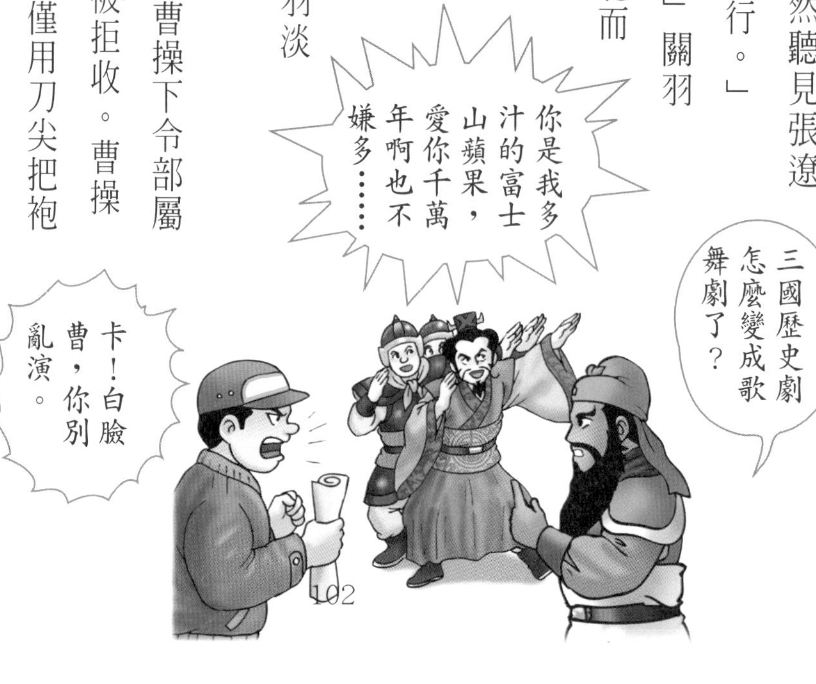
三國歷史劇怎麼變成歌舞劇了？
你是我多汁的富士山蘋果，愛你千萬年啊也不嫌多……
卡！白臉曹，你別亂演。

穿越時空

皇帝過除夕嘍！

年夜飯，是除夕夜的重頭戲，也是一年裡菜色最豐富的晚餐。貴爲九五之尊的皇帝平時不與家人用餐，僅在過年時才聚在一塊吃團圓飯。

除夕早晨，后妃等在重華宮陪皇帝用早餐，吃黃米飯、年糕、餑餑（ㄅㄛ ㄅㄛ，糕點）等，到了下午四點才吃年夜飯。

比較特別的是，清朝皇帝的年夜飯是由親王、郡王等「湊」齊的。清朝規定除了皇帝專享的「御桌」是由內務府（管理宮廷事務的機構）的家僕準備，其他則由親王（皇帝親屬中封王的人）、郡王（品第僅次於帝王）、貝勒（貴族的世襲封爵）進貢，地位愈高就得準備愈多的貢品，包括數百桌酒席、羊、美酒。

年夜菜盡是山珍海味，皇室一家人也吃不完，剩下的飯菜怎麼辦？皇帝會賞賜給大臣，當作新年賀禮，絲毫不浪費！

今年朕做莊玩打彈珠，打中了可以吃烤香腸、大腸包小腸。

三國笑史

23

過五關斬六將

關羽護著車駕一路過五關斬了孔秀、韓福、孟坦、卡喜、王植、秦琪六將，
一番驚險後終於渡過黃河，往袁紹營地而去。

小關，這一路上真是好玩刺激啊！

只要二位嫂嫂玩得開心，我拚了命也值得。

秦琪
我們全成了製造驚險娛樂的倒楣鬼。
走走走走，走，我們小手拉小手，走走走，走走走，一同去郊遊。
王植
卡喜
孟坦
韓福
孔秀

粉墨登場　魂斷刀下的六將

孔秀、韓福、孟坦、卞喜、王植、秦琪是曹操的屬下，分別駐守各地。孔秀守東嶺關、太守韓福和牙將（位階屬中下級的將士）孟坦守洛陽、卞喜守汜水關、太守王植守滎陽、秦琪守黃河渡口。這六人在史上沒有太多記載，令人印象最深刻的是阻擋關羽出走，但是都魂歸西天。

語文學堂

- 一番：一次、一回。
- 拚：音ㄆㄢˋ，捨棄不顧。比喻安分不惹是生非的人。

三國故事開麥拉

講義氣的關羽惦記著大哥劉備，天天披星戴月地趕路，不料好事多磨，途中遇到匪寇搶劫，擄走了二位嫂嫂。幸好有驚無險，被人救走送了回來。

經過這次劫匪事件，關羽更小心翼翼地保護嫂子。他在莊院用過早飯後，便直奔洛陽，來到東嶺關，與守將孔秀打了起來，僅交戰一回合，孔秀就命喪刀下。

好不容易排除萬難趕來洛陽，太守韓福、牙將孟坦合力打關羽，孟坦不敵向閻王報到；韓福則出奧步發箭射中關羽左臂。關羽忍劇痛用牙齒狠拔下箭，拍馬狂追，一刀砍死了對方。

受了箭傷的關羽連夜趕路，經過汜水關、滎陽、黃河渡口，分別遭守將卞喜、太守王植、將領秦琪阻撓。其中王植還裝好心招待，卻暗中命手下半夜放火。英勇的關羽獨戰諸將，留下「過五關斬六將」的漂亮戰績。

【三國戰報】

關羽過五關斬六將
五關成為熱門景點

三國美寡婦杜師奶

誰是杜師奶？據說是關羽和曹操喜歡上的女子，呂布手下秦宜祿的妻子。當年劉備、曹操合攻下邳（ㄆㄧ），呂布被處死，秦宜祿也戰亡，他的妻子杜師奶和兒子秦朗性命不保，隨時會被殺死。

古時候獲勝者有權分配敵將的財產，包括妻妾、子女等等。講義氣的關羽同情杜師奶一個弱女子帶著兒子難以生活，便向曹操請求秦宜祿的家人交由他處理，並納杜師奶爲妾。這樣的事情在那個年代屬合情合理，漢朝死去丈夫的女人常攜兒帶女一嫁再嫁。

然而，曹操答應關羽的請求後卻又食言，把杜師奶占有己有。曹操搶走杜師奶後，與她生了二子一女。

杜師奶本來默默無名，因獲英雄和梟雄所愛而在史上留下小小名氣。

這年頭「花美男」不流行，像我這種「第二眼帥哥」正夯。
導演，下次再和白臉曹對戲，我要拿二倍酬勞。
【三國娛樂報】
白臉曹娶俏麗寡婦
劇情驚爆廣告滿檔

三國笑史

24 三兄弟歡樂開「轟趴」

關羽從孫乾口中得知，劉備向袁紹討了個差事去了汝南，要前往荊州說服劉表出兵共除曹操，關羽立刻護送著車駕折返南下。
來到古城，遇上失散的張飛，沒想到張飛竟氣憤地要與關羽廝殺。
你背叛大哥，投靠曹操，我要跟你拚個死活。
三弟，你誤會我了！
這時曹軍蔡陽知關羽折返南下，領兵前來找關羽報仇。
關羽，你殺了我外甥秦琪，
我要殺了你報仇！
關羽對張飛說……
我就殺了那前來找死的曹將，
以行動向你表明我的真心。
關羽回馬，一刀砍下蔡陽的頭，曹軍登時四散而逃。
你還是我的好二哥，我誤會你了。
不久，失散的三兄弟，終於在古城相會團聚，大開慶祝party。

粉墨登場　悲情B咖秦琪

爲《三國演義》的虛擬人物，歷史上並沒有這號角色。小說中，他是曹營武將蔡陽的外甥，負責駐守黃河渡口。他在曹營眾多出色的武將裡，僅算B咖，因爲阻撓關羽出走被一刀砍死。可能「過五關斬六將」的情節太精彩了，秦琪這個悲情角色才給人們留下些印象。

我沒啥戰績，
占了這個版面
好羞愧！

語文學堂

- 討：請求、索取。
- 差事：本指被臨時委派的職務，此指職務、官職。
- 回馬：掉轉馬頭，改變馬匹的行進方向。
- 登時：立刻。

三國故事開麥拉

關羽過五關斬六將後又護著車隊趕路，遇到劉備的幕僚孫乾，才知道劉備已經去了汝南，便決定啓程前往。不料，夏侯惇率人馬追殺過來，幸好被張遼勸住，「丞相有令，誰也不能阻截關將軍。」夏侯惇只好下令車馬退去。

這趟尋兄之旅波折四起，途中偏偏又遭山賊搶劫。其中一個首領知道劫了關羽的車隊，嚇得連忙下馬跪拜，請求饒命。他的朋友周倉也帶著人馬經過，周倉向來仰慕關羽，表示認死都要跟隨，關羽也答應了。

關羽一行人來到山城，巧遇張飛，卻被誤會是曹操派來的，莽張飛怒吼一聲，持著丈八蛇矛打了過來，幸好關羽機警閃過。關羽爲了證明清白，一刀殺了隨後追趕來的曹將蔡陽，張飛見狀，才痛哭參拜，「二哥，是我誤會你了。」

雨過天青，三兄弟終於在山城相聚，大家發誓再也不分開了。

現在流行吃雞塊配可樂，我愛死了！
袁紹的妻妾都誇我像都敏俊耶！嘿嘿嘿～～
如果能再次見到你……呼喚著你……。

穿越時空

「回馬」是結婚習俗

「回馬」，是先秦至唐宋的結婚習俗，與改變馬匹方向一點也沒有關係呢！

先秦至唐宋時期，還沒有八人扛的喜轎，大夫以上的官宦人家嫁女兒，會用車馬將新娘子護送到夫家，新人相處三個月後，如果恩恩愛愛，夫家能留下車子，派人送還馬匹給親家，表示新娘與夫家人合得來，不會溜回去。

相反的，小倆口可能新婚夜就大眼瞪小眼，或著恩愛一陣子後，彼此看誰都討厭，你儂我儂是騙人的一場戲，怎麼辦？那時候不時興「嫁雞隨雞，嫁狗隨狗」、「生是你家的人，死是你家的鬼」這種束縛女權自由的俗諺，新娘子發現「嫁不對人」，可以坐著車馬離開。

倘若夫家的人想挽回這段婚姻，便會派人來接新娘子，否則就準備談離婚。「回馬」習俗一直到了宋朝理學家程頤推動「從一而終」的觀念，才有了改變。

小花，別走！
騙我說長得像都敏俊、金城武，見鬼了！
這趟再回去的話，已經嫁三次了。

三國笑史

25 不愁「三缺一」搞笑版

周倉
臥牛山寨裡有位將軍武藝超群，不知是哪來的英雄人物？
劉備感到好奇，也想重新招收新的人馬，於是帶兵來到臥牛山。
寨主是何人？我是劉備，請出來相見。
趙雲
趙雲，見過劉皇叔！
先主公孫瓚敗亡後，我正愁無處容身，正想投奔明主劉皇叔。
原來寨主是子龍，
太好了！我又得到一員猛將。
有了子龍，以後我們打牌不會再三缺一了。
讚啦！

粉墨登場　完美大將趙雲

也叫趙子龍，蜀漢五將之一，曾不顧性命，冒險與曹軍對抗，單槍匹馬七進七出，救出甘夫人和阿斗，深獲劉備激賞。爾後，幾次戰役都表現出色，人誇「子龍一身是膽」。他也曾跟隨諸葛亮遠征南蠻，深得信任。趙子龍一生行事謹慎，雖長得俊美，卻不好女色，稱得上外型、武藝、德行均優的武將。

我這個人很帥氣很英勇，但是也很低調啦！

語文學堂

- 臥牛山：在今安徽省合肥市。
- 超群：超出一般，也就是比一般人都優秀。
- 寨主：泛指山林中賊寇的首領。寨：音ㄓㄞˋ，四周的柵欄或圍牆，特指用來防衛的柵欄。

三國故事開麥拉

劉備三兄弟行經臥牛山時，見到周倉帶領數十人，狼狽地迎面走來，身上還有些傷口。原來途中與人廝殺，同行的裴元紹被殺死，連棲息的山寨都被占領了。「那人很高大勇猛，不知是哪一路人馬？」周倉又氣又惱。

「好大膽！我要瞧瞧他是不是三頭六臂？」關羽一馬當先，來到山下，周倉跟在旁破口大罵，「有種你出來！」

突然，一名年輕將士騎馬持槍矛衝了過來，劉備見了大叫：「你是趙子龍嗎？」那人一聽，立刻下馬跪拜，「劉皇叔，在下就是趙子龍。」

當年趙子龍在北海救孔融一役中與劉備邂逅，二人本來就熟識，趙子龍一直想效命劉備，如今夢想成眞，他格外激動。劉備與二位結拜弟弟重逢，又獲趙雲、關平、周倉，開心極了，命人準備酒菜，要好好地慶賀慶賀！

哇咧！好像在拍港式賀歲片劇照。

穿越時空

神秘的趙子龍

趙子龍是中國歷史小說中相當受歡迎的人物，相對的，關於他的傳說也十分驚爆，包括他的性別和死因。

傳說趙子龍是女扮男裝的三國版「花木蘭」，爲什麼會有這種八卦呢？趙子龍是標準的韓版「花美男」，面貌白皙，即使長年征戰也沒有「大叔」臉；加上他多次扛起保護劉備的妻小重任，爲什麼不是其他武將，有人猜測因爲趙子龍是女子，沒有男女授受不親的問題，而且深具母愛；還有，劉備與趙雲離別時，離譜演出「執雲之手依依不捨」這種像戀人分別的虐心戲碼，實在挺怪異。

還有，傳說趙子龍一輩子出生入死，身上沒有任何傷疤，他的妻子趙夫人好奇地拿根繡花針刺他手臂，趙子龍一見血流出來，活活嚇死了。

上述說法多穿鑿附會，不能證實趙子龍性別，僅能說趙子龍眞的很神秘！

小雲，捨不得你，好捨不得你！
爲了酬勞，要忍耐。
導演，拜託一下，安排我擁抱小雲，來個淚崩橋段。

三國笑史

26 東吳霸王遇刺客

粉墨登場　惹毛小霸王的許貢

曾任吳郡的都尉、太守，被孫策打敗後，投靠山賊頭子嚴白虎，暫時避一避風頭。不料，嚴白虎也被孫策擊敗，從此他對孫策懷恨在心，一心找機會復仇。許貢上奏給漢獻帝，表示不能任由孫策擴展勢力，否則將成爲朝廷和曹操的大患。孫策擔心這封信被曹操看到，便命令手下絞殺了許貢。

孫策，我
化作鬼魂
也要來找
你！嗚～

語文學堂

- 異心：不忠的念頭。也說二心。
- 上書：泛指給地位高的人寫信。
- 門客：古時候官宦豪門家裡養來效勞做事的人。
- 且戰且走：又迎戰又逃走。且：表示同時做兩件事情。

三國故事開麥拉

吳郡太守許貢超不爽東吳霸王孫策，便暗中勾結曹操，想合力宰了他。他寫了封信，交代使者悄悄送去，不料使者渡江時被識破，孫策發現那封密函，氣得大吼：「敢給我來陰的！」孫策下令斬了使者，又追殺許貢等家人和門客。

有一天，孫策到西山打獵，遇見三個人攔路，他本來以爲對方是手下韓當的部屬，沒有特別防備，誰知被其中一人刺中大腿，又被另一人射中臉頰。「哼！我們是許貢的門客，要爲主人報仇。」

孫策忍痛拔出毒箭，射死其中一人，正危急，手下程普領著人馬趕來，殺了另二名刺客。受傷的孫策痛苦地躺著，華佗的弟子趕來治病，說：「箭頭毒性很強，百日內不可以動氣，一旦復發就很難治癒了。」

這孫霸王氣得半死，想即刻發兵找白臉曹算帳，卻不知閻羅王要找他報到了。

導演，等一下足足要臭罵白臉曹三十分鐘，我擔心會「燒聲」。
安啦！我叫助理準備了枇杷膏，還有偏方烤橘子、膨大海，你罵得愈狠，收視率愈高。

穿越時空

神醫華佗

華佗是東漢末年的醫生，與董奉、張仲景被美稱爲「建安三神醫」。他的醫術精湛，醫學常識豐富，救活了很多人，是令人敬佩的活菩薩。

這位三國神醫到底有多「神」？除了把脈、抓藥方、針灸這些外，最令人瞠目結舌的是——開刀。華佗觀察人們酒醉後的沉睡狀態，發明了酒服麻沸散的麻醉術，也就是須要動手術的患者，先服下酒沖服麻沸散，等失去知覺才動手術。麻沸散是集中好幾種藥草的麻藥，與酒服用，與現今打了麻醉針效果一樣。

根據記載，華佗已能做胃腸縫合手術，傳說曾爲罹患腸癰（ㄩㄥ）的小販開刀，是腸子化膿的重病，經過華佗動手術後，一個多月就痊癒了。

華佗曾替曹操針灸治頭風，後來因爲提出要爲曹操開刀頭顱，被誤以爲要謀殺，加上不願留在相國府，被曹操關入大牢後處死。

操哥，我來了。
我的媽唷！導演，你確定這人是演神醫華佗，不是開膛手傑克？

三國笑史

27 東吳霸王也怕魔神

孫策受重傷沒死，性情卻變得多疑、乖戾、暴躁。
有天，孫策外出看見官員和平民，對道人于吉敬若神明般地膜拜，他十分生氣。
這妖人跟黃巾賊張角是一路的貨色，專以妖術惑衆，不可不除！
孫策下令砍了于吉的人頭。
兒啊！你殺了于神仙，怕是要惹來大禍啊！
吳太夫人
母親不必擔心，我不相信妖言惑衆的鬼神之說。
私底下……
好可怕，貞子要出來了！

粉墨登場　黃巾賊首領張角

為東漢年間的秀才，爾後的大考年年落榜，為了糊口，只好到山上採藥草販賣維生。傳說他在深山巧遇會法術的南華老仙，傳授仙術，從此，張角自創「太平教」，專門教用符水、咒語來治病。當時政局混亂，張角打著起義的名號，與跟隨他的成群農民頭上綁黃巾，四處劫殺、放火燒官署，成了黃巾賊的頭號首領。

沒有我出來攪局，劉備、曹操、袁紹那些咖就沒戲唱了。

語文學堂

- 乖戾：言行舉止不合情理。戾：音ㄌㄧˋ，怪僻、不講情理。
- 暴躁：碰到不稱心的事即激動不安，無法控制情緒。躁：音ㄗㄠˋ，性情急。
- 貨色：本指貨物的品種或質量，後多指人、言論、作品等（含貶義）。

三國故事開麥拉

霸王孫策氣到抓狂了！他見袁紹派幕僚陳震來商量合攻曹操的事，也顧不得傷勢，就在城樓上設宴，命人準備豐盛酒菜，熱情款待陳震。

酒酣耳熱之際，孫策發現眾將士竊竊私語，又接二連三下樓。「發生什麼事？」孫策不高興地問手下。「有個道士叫于吉來這裡，聽說能施符水治好百病，人人叫他活神仙。」

「呸，什麼活神仙！」孫策很看不起那些江湖術士，便命令手下抓了于吉，命他求雨，求不到就燒死。只見于吉登臺求雨，唸唸有詞後，頓時雷鳴電閃，下起傾盆大雨，等河水都漲了，于吉大喝一聲，立刻雲收雨停，陽光露出了臉。

一旁的人看得目瞪口呆，磕頭連稱「活神仙」，孫策很火大，命人將于吉拖下去砍頭。詭異的是，當天夜晚，突然風雨大作，于吉的屍首消失不見了。

大雨閃電來吧！#@#@孫策變黑小子……
轟！
哇咧！真的還假的？

小霸王孫策與道士于吉

《三國演義》裡小霸王孫策和道士于吉八字不合，兩人打從第一次眼對眼，孫策就討厭這道士，斷言他是黃巾賊張角那種咖，非押入大牢治罪不可。

當時孫策已經屬政治A咖，幹麼與道士斤斤計較？其實，于吉是給那些「眼白太多」的白目大臣害死的。想想看，于吉在外施符水治病，很多道士都走這種「濟世救人」風格，偏偏于吉人氣太高，男男女女焚香跪拜，歌頌活神仙，看在孫權眼裡，有夠刺眼——這茅山道士竟然比我紅不讓！

當于吉被押入大牢後，那些腦殘的大臣卻搞個官夫人集體向吳太夫人求情，端出老大的媽媽逼壓；以及大臣聯名上書，把孫策惹到發狂，怒斬了于吉。

所謂「人不要臉天下無敵」，同樣的，「人太火紅小心沒命」啊！

活神仙，拜託幫我變成一尾活龍。
活神仙，我想變得更辣更美。
活神仙，指引我升官當駙馬爺。
各位大哥大姐小弟小妹七大姑八大嬸，別再崇拜我了，我快沒命了。

三國笑史

28 瘋狂的東吳霸王

孫策殺了于吉後，不時看見于吉冤魂出現在身邊。
惡鬼，別靠近我！
把于吉冤魂出沒的玉清觀燒乾淨，方解我心頭怒火！
孫策被于吉的冤魂逼得心神不寧，瀕近瘋狂的地步。
玉清觀被大火燒毀。
兒啊！你自己去照照鏡子，如今你變成什麼鬼樣子。
魔鏡魔鏡，誰是天底下最帥的男人？

粉墨登場　三國女強人吳太夫人

爲「破虜將軍」孫堅的元配，人稱孫破虜吳夫人。據說她長相貌美，當年孫堅提親時，女方家人反對，嫌孫堅爲人奸詐，但吳太夫人怕惹來禍端，答應出嫁。她的長子、次子孫策、孫權建立了東吳政權；《三國演義》中寫她的女兒孫尚香嫁給劉備當妾，這與史實不符。她的大媳婦人氣很高，是超級美女大喬。

遙想當年我也是「話水欸結凍」的女強人。

語文學堂

- 不時：隨時。
- 玉清觀：道教的廟宇。觀：音ㄍㄨㄢˋ。
- 方：副詞。跟「才」相似，表示強調，但語氣較重。
- 瀕近：接近、臨近。也說瀕臨。瀕：音ㄅㄧㄣ。

孫策好不容易等傷勢好了一些，招待客人到城樓喝酒吃飯，聊聊如何打垮白臉曹，偏偏巧遇道士于吉，人氣比自己高，顏面盡失。

孫策好火大，斬了于吉，從此精神異常。他經常半夜拔劍砍鬼魂，卻莫名其妙昏倒在地。吳太夫人來探病，數落他殺了神仙，報應不爽。孫策嘴硬不信，但每晚都上演「擲劍殺鬼」戲碼，以致白天臉色蒼白，一副活見鬼的衰樣。

王太夫人急了，逼孫策去玉清觀祈福。說也奇怪，孫策才點燃了香，就見于吉端坐在形同傘蓋的白煙上端。「你這個臭道士！」孫策狂罵，拔出劍用力擲去。

孫策殺了好幾回，于吉的鬼魂就是不散。吳太夫人哭著說：「我兒子變得不像本來的樣子了。」孫策一照銅鏡，見到于吉立在鏡中，嚇得尖叫，箭傷傷口頓時迸裂，昏倒在地。

我的媽唷！鬼片眞難演，再拍下去，我眞的會變成鬼。

穿越時空

看「鬼」這個字

甲骨文

金文

戰國文字

小篆

「鬼」，這個字就是「魔神仔」，趣味、親切一點的說法叫「阿飄」，具日式風味的叫「貞子」，但僅限於女鬼。

一般人對「鬼」字的定義爲死後的靈魂，具有騰空行走、吐舌頭、變臉等小法力，然而我們從甲骨文來看，「鬼」爲象形字，呈現一個人跪在地上，臉上戴著恐怖的面具，向老天祈求風調雨順，或爲病痛纏身、很衰的人消災解厄，這個角色都是巫師扮演。

因爲戴上假面具，讓人產生害怕、敬畏心理，所以後來「鬼」有了惡魔意思，如：魔鬼、厲鬼。又因爲戴著面具去嚇人，產生了不光明、邪惡的意思，所以凡與「鬼」字扯上邊的都很惹人嫌，例如：色鬼、酒鬼、吝嗇鬼、餓死鬼、鬼扯、鬼混、鬼頭鬼腦……。

三國笑史

29 少年郎孫權接班

心智瘋狂的孫策無法安心養傷，致使傷病惡化，昏厥將死。
我恐怕活不久了，快叫我弟弟孫權來見我。

權弟，江東基業就交給你了，內事不決問張昭，外事不決問周瑜，有此二人助你，可保太平。
哥！我牢牢記住了。

交代完後事，二十六歲的孫策驟然而逝。

年方十九歲的孫權匆促接下大任，從此，要認識以前不必認識的人，得知道以前不需知道的事。
張昭和周瑜是誰啊？
孫權

粉墨登場　東吳幕僚張昭

徐州有名望的人，在周瑜的說服下，與張紘（ㄏㄨㄥˊ）一起效命孫策，人稱「江東二張」。孫策在世前，他曾與眾大臣聯名上書力諫不能殺道士于吉，但是反惹惱了孫策。史上記載張昭個性剛直，與孫權發生口角之爭，孫權氣不過，派人燒了他的房子。小說中，他卻受孫策所託，輔佐孫權，鞏固江東政權。

好歹我也是耿
直忠臣，鏡頭
要特寫唷！

語文學堂

- 昏厥：因心情悲痛、心臟方面的疾病等因素，短暫地失去知覺。
- 不決：無法決定。
- 驟然：突然。驟：音ㄗㄡˋ。

三國故事開麥拉

吳太夫人獲急報，才知孫策又昏迷了。她哭著命手下扶起孫策，躺在床上休息。

過了好一會兒，孫策才緩緩睜開眼睛，臉色、嘴唇慘白，氣如游絲地說：「兒不孝，恐怕活不成了。」他自知難逃死劫，趕緊召來幕僚張昭，「我雖然和先人打下江東政權，但現今天下大亂，江南依然大有可爲……」孫策喘了好大一口氣，被部屬扶著，虛弱地說：「張昭智謀多，要好好輔佐我弟弟。」

「唉！」孫策硬撐著把大印交給孫權，「記住，日後要念父兄創業維艱，好好努力！」吳太夫人擔憂孫權才十九歲，無法負起大任，孫策搖搖頭，說：「弟弟才能勝自己十倍，將來內事難以解決，可問張昭；外事難以處理，可問周瑜。」

最後，他又交代了些事，要妻子孝順婆婆等，才閉上眼走了。

老婆，我眞怕死後，白臉曹把你搶走！
那不重要！我比較擔心鑽石、翡翠、金條……被搶走。

穿越時空

江東美人大喬小喬

論起三國時期美人，大喬和小喬這對姐妹花獨領風騷，百分百的迷人正妹。東吳霸王孫策娶大喬，中郎將周瑜娶小喬，姐妹一個嫁大王，一個嫁大將，羨煞當時所有的女子。

然而，孫策二十三歲結婚，二十六歲就掛了，大喬與他的恩愛日子僅維持三年，生了個兒子，二十出頭的大喬縱使哭斷腸，也得踏上當寡婦的悲情命運。

至於小喬比較好命，嫁給文武雙全的周瑜，丈夫長得帥又懂音樂，二人相處琴瑟相鳴，好有情調。小喬和周瑜的童話婚姻維持了十二年，赤壁之戰後二年，周瑜率人馬準備攻取益州時病死了，那年他才三十六歲。

唐朝詩人杜牧曾作《赤壁》：「東風不與周郎便，銅雀春深鎖二喬」，慶幸吹來東風，助吳、蜀火攻曹軍，打了勝仗，這對姊妹花才沒有被曹操搶走。

曹操作夢想把二喬關進「銅雀臺」
姐，等我們練熟了，去參加比賽。
大喬和小喬迷上鋼管舞，天天在柱子上練舞，不肯下來。
小親親，別鬧了，那樣很危險！

三國笑史

30 權，威震江東！

張昭
周瑜
我二人一定忠心輔佐主公！
以後我只有倚靠兩位了。
江東人才濟濟，何止我二人而已，我願再舉荐魯肅，幫助主公。
魯肅
在下願推舉諸葛瑾，為主公出謀劃策。
諸葛瑾
孫權又網羅了張紘、顧雍等江東才俊，為開創新局立下穩固基礎。
孫權年紀雖輕但很有智慧，上任後把江東治理得井井有條，深得民心，因此，孫權的威名聲震江東，遠播四方。
曹操聽到消息後，不由得讚嘆。
生兒子就該像孫權這樣有本事，才能讓人稱心啊！
三國日報

粉墨登場　東吳君王孫權

字仲謀，孫策弟弟，生得方臉大嘴，綠眼紫鬍鬚，深諳（ㄢ）忍辱負重的道理。十九歲那年，孫策身亡，他接掌江東政權，扛起重責大任。西元二二二年，孫權建立吳國，自稱吳王，七年後稱帝，史稱東吳，與蜀漢、曹魏形成三國鼎立局面。三國時代，孫權最晚稱帝，然而執政的時間卻最久，長達五十二年。

我們孫家屬我最出色，稱得上光耀門楣，讚啦！

語文學堂

- 人才濟濟：形容有才能的人很多。濟濟：音ㄐㄧˇ ㄐㄧˇ，形容眾多。
- 推舉：推薦、把有能力的人介紹給另一方，希望能受任用。
- 井井有條：形容整齊而有條理。
- 稱心：符合心願、心滿意足。稱：音ㄔㄥˋ，符合、適合。

三國故事開麥拉

孫策撒手人寰後，幕僚張昭強忍悲慟，一邊忙著喪事，一邊治理國事，並請孫權受文武百臣參拜，正式接掌政權。

鎮守巴丘的周瑜聽說孫策受箭傷，趕回來探病，不料變成奔喪，傷心地在靈堂哭拜。吳太夫人轉達孫策的遺命，周瑜跪拜說：「我拚了命也一定效犬馬之勞。」

年紀輕輕的孫權倒很出色，他召見了周瑜，請教如何治理江東地區的策略。周瑜推荐早年認識的魯肅，表示這人很熱血，常發米糧給饑民，是可靠的人才。

孫權一聽，即刻請周瑜去請魯肅。周瑜廢了一番口舌，魯肅才答應效命。魯肅提出當下應先固守江東，除去黃祖，攻伐劉表，建號稱帝，再稱霸天下。

魯肅、周瑜、孫權成了「東吳鐵三角」，準備打趴劉備和曹操。

東吳鐵三角撼動局勢
白臉曹偏頭痛更劇烈

我出年薪一千二百萬，快把魯肅挖過來！哇，頭好痛！
哼，我這種極品人才僅值一千二百萬嗎？小氣鬼！

穿越時空

月亮太陽化身的傳說

東漢末年破虜將軍孫堅進入殘破的洛陽宮殿時，無意中在井底撈到「傳國玉璽」，自「High」以為要當皇帝了，不料，天不從人願，他隨後被殺死，掌聲留給了長子孫策、次子孫權。

二個兒子比老爸出色，連袁術都欣賞孫策，而梟雄曹操還誇獎孫權，生兒子生到像孫權這樣出色的，才令人稱心如意。由此可見，這兩兄弟有多讚了！

傳說吳太夫人懷了孫策，臨盆時夢見月亮進入自己肚子中，沒多久就生下長子孫策；生孫權時更強了，夢見閃耀的太陽進入大腹便便的肚子，一會兒，孫權出生了。這表示二兄弟是月亮、太陽之神的化身，尊貴不凡。

這種離奇的「富貴夢」是眞是假，也只有吳太夫人知道了。

1. 劉備飛上枝頭覲見漢獻帝後，人稱「劉皇叔」。以下哪些事情與劉備有關係？
   1. 少年時與寡母一起賣青菜、水果
   2. 曹操約漢獻帝到圍場打獵，劉備帶著關羽、張飛陪同
   3. 在董承的策畫下，爲「滅曹幫」的成員之一

（參考答案見內文第20、22、28、30頁）

2. 曹操「青梅煮酒」宴請劉備，其實是想探對方的野心。當曹操提出當世英雄是他們二人時，劉備嚇得手上的筷子頓間落地，幸好當下打響雷，提供了劉備怕雷聲的藉口。如果你能穿越時空，換你當曹操，會相信或不相信劉備的話？又會如何回應？
   1. 有點相信，得意地扶劉備起來，安慰他：響雷而已，怕什麼
   2. 不相信，曾經上過無數次戰場的人怎麼可能怕打雷，應當下殺了劉備以除後患
   3. 半信半疑，找人在無預警下敲響鐘，看劉備的反應

（「煮酒論英雄」故事請參考內文第32、34、35頁，這道題目沒有標準答案）

3★

《三國演義》裡關羽過五關斬六將，英勇過人，流傳千古。你閱讀這段情節後，說說看，引起這個事件的因素是什麼？

1. 因為這六人想搶劉備的老婆甘夫人和糜夫人
2. 這六人看中赤兔馬，聯手搶奪千里駒
3. 關羽知道大哥劉備的下落後，急急護送二位嫂子離開，被曹操耍奧步派人阻撓

（參考答案見內文第100、102、104、106頁）

4★

世人敬稱關羽為「關聖帝君」，尊奉為「武財神」，以下哪種說法是眞正原因？

1. 關羽離開曹操後，將其贈送的金銀財寶如數歸還，並附上「原、收、出、存」的賬冊，這種記賬方式廣被商人沿用，所以被尊奉為「武財神」
2. 關羽很有生意頭腦，常指點人們做生意的技巧
3. 關羽曾為曹操賺進大筆銀子，曹操一高興美稱他是「武財神」

（參考答案見內文第63頁）

5☆

曹操一心一意想留下關羽爲自己效命，竭盡地巴結拉攏，做了很多討好的事情。你說說看，有哪些呢？

1. 安排關羽見漢獻帝，因此被封爲「偏將軍」
2. 贈送赤兔馬和嶄新戰袍
3. 親自安排他與劉備見面，並準備豐盛的酒席

（參考答案見內文第64、65、66、70、102頁）

6☆

民間流傳很多描述關羽事蹟的歇後語，讀來令人會心一笑。你判斷看看，以下哪則諺語的寓意不對？

1. 關羽降曹操，身在曹營心在漢：比喻雖投降但心不在敵軍
2. 關帝廟裡找美髯公，保你不撲空：比喻不會白費力氣
3. 關羽賣豆腐，人硬貨軟：形容英雄關羽仁慈，僅賣軟綿綿的有機豆腐，不賣那種加了石灰的黑心硬豆腐

（參考答案見內文第87頁）

7. 關羽經過千辛萬苦後終於在古城相聚，這段千里尋兄的戲碼流傳千年後，依然膾炙人口。如果你是關羽，終於與結拜兄弟團圓，你最想做什麼事？例如：

1. 三人徹夜聊通宵
2. 寫信給曹操，謝謝他成全自己
3. 先讓甘夫人、糜夫人與劉備閒話家常一整晚，不要打擾他們

（相關故事請參考內文第108、110頁，這道題目沒有標準答案）

8. 曹操不想讓關羽離開，故意擺出「迴避牌」，以為這樣做關羽無法當面辭別，就可以阻撓他離去，無奈的關羽只好留下信件辭別。如果你是曹操會想什麼點子呢？

1. 假裝生重病，關羽重義氣應該不會馬上離去
2. 將自己優秀的兒子曹丕、曹植認關羽爲義父，以親情打動關羽
3. 與關羽結拜爲兄弟，發誓齊心討伐袁紹

（相關故事請參考內文第92、94、95頁，這道題目沒有標準答案）

英雄歡樂合照

《三國笑史》陪你晨讀10分鐘

漫畫家林明鋒老師趣畫三國、趣寫三國、趣講三國！

爆笑漫畫 + 經典文學 + 勁爆文明 + KUSO插圖 + 搞笑對白

陪你穿越千年參與桃園三結義、討伐奸臣董卓、看戰神呂布轅門射戟有多神、欣賞關羽過五關斬六將的神勇戰績，以及見識古代女子時尚風、男子變裝秀、看貂蟬PK西施誰大勝、票選古代花美男和戰神、一睹古人吃河豚竟然服糞清解毒、梟雄曹操也擔綱演出愛情偶像劇、古人吃火鍋偏愛哪種口味、皇帝怎麼過除夕等等，保證過癮！

學習主旨

從「笑史」看「三國」，學習詞彙，了解典故，厚實閱讀能力。

三國笑史 1　賣鞋郎劉備出運了
三國笑史 2　關東主袁紹大進擊
三國笑史 3　戰神呂布大暴走
三國笑史 4　英雄關羽熱血戰紀
三國笑史 5　神算孔明借東風　即將出版
三國笑史 6　瀟灑哥周瑜風雲鬥　即將出版
三國笑史 7　梟雄曹操大爭霸　即將出版
三國笑史 8　三國大亂鬥完結篇　即將出版

國家圖書館出版品預行編目（CIP）資料

三國笑史 4,英雄關羽熱血戰紀！ / 林明鋒編繪.
－－初版. －－臺北市：五南，2015.06
面；公分 －－（悅讀中文；72）
ISBN 978-957-11-8098-4（平裝）
1.三國演義　2.漫畫
857.4523　　104006132

三國笑史④ 英雄關羽熱血戰紀！

編　　繪　林明鋒（117.5）
總 經 理　楊士清
副總編輯　黃文瓊
封面設計　童安安

出 版 者　五南圖書出版股份有限公司
發 行 人　楊榮川
地　　址：台北市大安區 106
和平東路二段三三九號四樓
電　　話：（〇二）二七〇五—五〇六六
傳　　真：（〇二）二七〇六—六一〇〇
劃撥帳號：〇一〇六八九五三
網　　址：http://www.wunan.com.tw
電子郵件：wunan@wunan.com.tw

法律顧問　林勝安律師事務所　林勝安律師

出版日期　一〇四年六月初版一刷
一〇七年二月初版二刷

定　　價　二八〇元